Éditions Yellow Concept 2021

Jean-Luc Legros

Toute forêt est une enfance

roman

éditions
Yellow Concept

D'ici et d'ailleurs

Du même auteur :

Guide Gallimard de la Manche,
collectif, 1995

Le Mont-Saint-Michel dans l'Histoire
Éd du Phare, Cancale, 3 volumes, 2001

Alpha-baie
Éd de la Plomée, Guingamp, préface d'Yves Berger, 2003

Le Mont-Saint-Michel, Histoire et civilisation,
Éd du CRDP et Charles Corlet, 2005,
réimpression 2012, 2016

La Baie de Lumière, La baie du Mont-Saint-Michel
photographies Charles Montécot
Éd La Griffe du Temps, Lanvallay,
2005, réédition 2006

La Côte d'Émeraude, Image d'un rivage,
photographies Charles Montécot
Éd La Griffe du Temps, Lanvallay, 2008

Les Filles de Nérée,
en hommage à Jacques Lacarrière
Éd La Griffe du temps, Lanvallay, 2012

La Manche aux Pays du Mont-Saint-Michel
Aquarelles Alain Delteil, textes Jean-Luc Legros
Éditions Normandie Terre des Arts, 2013

L'Émerveillante,
Éditions Yellow-Concept, Saint-Suliac 2016

Dinard St Enogat, Cité d'Émeraude,
photographies Charles Montécot
Éd La Griffe du Temps, Lanvallay, 2018

Tout livre est une aventure solitaire où accourent de nombreuses vies, quelquefois en volant celles de nos proches. Aussi que soit remerciée infiniment ma compagne Jeannine, première lectrice, première correctrice, première conseillère.

Mes remerciements chaleureux vont à Jacques-Yves Bellay pour ses précieux conseils et à l'amie Clarisse Verpillat qui a relu, corrigé, proposé, amélioré ce qui grâce à elle a permis de poser le point final. Enseignante passionnée de latin et de lettres, à Avranches, elle est familière du bocage normand où elle a choisi de vivre.

Dans une existence l'enfance ne finit pas

Yves Bonnefoy

C'est toute la Création qui est fabuleuse et très probablement amoureuse. Tout aime, tout est habité par l'Amour.

Je vous conjure d'admirer.

Xavier Grall

Les arbres sont comme des torches de temps pur. Et j'aime en eux ce surplomb depuis lequel ils nous dominent et nous rappellent à la conscience du monde sans nous.

Belinda Cannone

-1-

De retour d'un colloque, Dorothée rentrait épuisée, et les gendarmes qui se rapprochaient de son véhicule, non loin de son portail d'entrée, lui apparurent comme le dérangement supplémentaire qu'elle ne pourrait supporter. Ils passaient régulièrement, elle les connaissait mais ne se sentait pas disposée à entendre la raison de leur présence.

- Nous vous avons téléphoné, vous ne répondez pas aux appels ?

Elle avait oublié son portable et comme toujours, elle s'en apercevait tardivement. Elle ne désirait pas être joignable à tout moment ; c'était une liberté qui ne lui coûtait pas beaucoup d'efforts. Nombre de campagnes médiatiques présentaient la déconnexion comme un exploit et la sortie périlleuse d'une « zone de confort ». Les héros repentis ne tenaient pas longtemps. Ils avouaient être prêts à se reconnecter dès que possible, tels des poissons hors de l'eau qui retrouvent à l'extrême limite de la survie, leur milieu aquatique.

Les gendarmes recherchaient un homme disparu

depuis trois jours. Sa compagne, angoissée par son silence, les avait prévenus, lui qui, chaque soir la contactait, établissant, sans doute pour lui-même et pour elle, un premier bilan du succès de ses ventes, une satisfaction commerciale pour lui, un rêve de vacances plus lointaines pour elle. Elle aimait l'argent et en vivant avec elle, il s'était mis à lui ressembler. Il conservait malgré tout, quelques idéaux de sa jeunesse qu'il enfouissait en sa compagnie, les caressant pour la semaine où, seul, il proposait aux professionnels et aux particuliers, parfums et produits de beauté dont la gamme assez large, répondait aux soucis de plus en plus vifs de ses contemporains pour le bio et les produits naturels. Ses clients abusés étaient persuadés que ce qu'ils consommaient, pouvait ne pas avoir d'impact sur l'environnement. Il ne les détrompait pas. On était condamnés au moindre mal pensait-il, mais tout devenait un moindre mal et il ne s'offusquait plus de la catastrophe annoncée. Chacun surfait sur de nouvelles idoles, une nouvelle sacralité : les produits bio étaient parfaits. Lui, il vendait et il vendait bien. Il semblait croire à ce qu'il présentait et en devenait convaincant. Lui-même assurait qu'il aurait vendu une tondeuse capillaire au chauve le plus lisse. Gagner de l'argent ! Il n'était pas dupe cependant ! Il se rassurait en pensant que ses autres métiers exercés dans le passé, avaient compromis gravement sa conscience.

Socrate avait bu de la ciguë bio. Une coupe aussi naturelle aurait dû être imposée à ceux qui fermaient le futur à la jeunesse d'aujourd'hui. Il avait parfois le sentiment que ses révoltes juvéniles l'habitaient encore.

Il ne connaissait pas la région, auparavant, il avait travaillé dans le nord-est de la France et malgré la crise économique, ses ventes avaient dépassé les prévisions les plus optimistes de ses patrons et, puisqu'il avait réussi, ils demandaient plus. La nécessaire croissance exigeait des objectifs toujours à la hausse, toujours plus, puisque c'était possible. On lui avait proposé la région Normandie-Bretagne, berceau de la firme qui l'employait. Un nouveau défi. Une nouvelle clientèle. Des villes à découvrir.

Cela, les gendarmes l'apprendraient peut-être plus tard.

Que savaient-ils ?

Cet homme avait ratissé toute la petite ville voisine et les maisons disséminées dans le bocage.

Et puis... volatilisé !

Son automobile déjà ancienne, abandonnée à l'une des entrées de la propriété de Dorothée, à l'intérieur, attaché-case et valise vide, mais pas de téléphone portable, seulement de nombreuses traces de pas retrouvées autour de son véhicule et dans le chemin bordant sa *forêt tropicale.*

Quelques amateurs et ses voisins qui en photographiaient les essences rares l'appelaient ainsi, tant elle était exceptionnelle sous le climat normand.

Pas d'autres indices. Les drones à reconnaissance olfactive n'étaient pas allés au-delà.

Dans la boîte à gants, griffonnés sur un morceau de papier, son nom et son adresse, à elle, Dorothée Enguerand.

Ils montrèrent sa photo.

- Vous le connaissez ?

- ?

- Il voulait vous voir, vous savez pourquoi ?

Elle n'avait jamais vu cet homme ni entendu son nom.

Les enquêteurs ne lui avaient pas dit qui il était, ce qu'il venait faire dans la région. Un commercial ? On n'était plus au temps des encyclopédies vendues en vingt annuités, mais à celui des aspirateurs révolutionnaires, aux broyeurs multi-fonctions, robots à tout faire, même des dettes.

Elle n'avait pas posé de questions. Elle n'avait rien à dire surtout à son retour de week-end. Garnier, le maréchal des logis qu'elle connaissait, pensa que ce devait être une bonne cliente. Elle utilisait sans doute nombre de produits cosmétiques, quoique sa beauté à elle ne semblait pas amplifiée ni relayée par les crèmes anti-âges, ou tous les artifices pour accroître l'éclat et la profondeur de son regard.

Avant de s'installer dans le véhicule, Garnier lui avait lancé pour la flatter qu'elle n'avait pas besoin des services de l'homme disparu.

Il avait ajouté rapidement qu'il représentait les produits de beauté *PerlEm*.

Les gendarmes repartirent laissant Dorothée dans un état qu'elle ne connaissait plus depuis dix ans. Dix années, dix longues années de colère et de persévérance pour ne pas enfouir le passé, seulement lui limer les ongles et consentir à s'arracher le poignard qu'elle avait gardé dans le cœur.

Ils n'avaient pas vu son trouble, ses jambes se dérobant soudainement. Elle avait dû s'appuyer sur la barrière en bois vermoulu, un soutien si peu fiable qu'elle faillit tomber.

PerlEm, Perles d'Émeraude, un des drames de sa vie, dont la cicatrice ne guérit pas et que pendant longtemps elle avait refusé de guérir.

Rien vu, bien sûr. Elle leur avait promis d'être vigilante lors de ses promenades et de les contacter si besoin. Ils savaient son amour et sa connaissance de la forêt. À l'été précédent, c'était grâce à elle que deux incendies, devenant chaque année plus nombreux, avaient pu être rapidement circonscrits.

Elle remarqua une fois de plus la gêne du plus jeune. Elle savait qu'elle le troublait et évitait de le laisser paraître.

Elle les connaissait, comme tout le monde se connaît dans les campagnes, chacun est accompagné de son arbre généalogique ou identifié comme un horsain. Les gendarmes, eux, étaient à part, mais ils prenaient le café à l'occasion.

Elle imagina des commentaires sur son physique, une fois installés dans leur véhicule, et voulait croire seulement qu'ils n'étaient pas trop grivois. Sa grand-mère l'appelait toujours « Ma Belle ». À l'adolescence, elle avait vu dans le regard des autres et trop souvent dans leurs propos, qu'elle était belle. Toujours, elle se sentait soumise à un jury, au verdict des hommes.

-2-

Dorothée rentrait d'un long week-end, un week-end de plaisir et de travail. L'AFCPC - ah ! Ces fichus sigles et acronymes de la langue française ! - l'Association Française des Collectionneurs de Plantes Carnivores réunissait ses membres tous les deux ans. Elle s'amusait de certains passionnés et de leurs recherches maniaques, leur souci de tout avoir ou de tout connaître, frôlant souvent la folie, pas toujours douce d'ailleurs. Elle n'en partageait pas l'esprit, mais butinait dans les stands et les tables rondes, expériences et découvertes. Elle avait longtemps tenu le bulletin trimestriel de l'association, le bien nommé *Rosolis*, ce qui l'avait fait connaître et apprécier. Elle se souvenait des incompréhensions et des difficultés pour faire accepter qu'elle ne pouvait plus, ne voulait plus assumer cette tâche qui lui dévorait des nuits et grignotait quelques samedis. Cette fois-ci, elle s'était chargée de contacter tous les intervenants, des universitaires dont certains avaient fréquenté en même temps qu'elle, les bancs de la fac de sciences. C'était une passion ancienne qu'elle conservait, mais le feu des premières années s'était éteint. Ces rencontres bisannuelles rallumaient cependant ses intérêts pour une botanique où l'extraordinaire, l'extravagance, les bizarreries défiaient l'imagination humaine la plus féconde.

Elle avait encore en tête toutes ces plantes insectivores qu'on qualifiait de carnivores, sans doute pour affirmer leur monstruosité, leur égarement, leur aberration dans le monde de la nature. La très rare Darlingtonia Californica, la plante cobra ou ce merveilleux Byblis, la plante arc-en-ciel la bien nommée, qui se faisait si belle au soleil, et toutes ces Sarracénies, aux lèvres brillantes et traîtresses. Un festival de créativité, d'ingéniosité, de couleurs, de brillances, de formes, pour simplement survivre dans un milieu difficile.

Après avoir rangé ses bagages et installé une nouvelle dionée qu'on lui avait offerte, la pensée de son amie de cœur, Solenn, lui monta à la gorge et aux yeux.

Elle et Solenn, deux filles qui s'étaient choisies, la nature aurait pu les faire naître jumelles. Ce qu'elles avaient vécu ensemble était de cet ordre. Dix ans qu'elle n'était plus, mais son être ne l'avait pas quittée. Dorothée avait protégé en elle ce qui avait été reçu, partagé et amplifié. Près de trente-cinq années de vie commune, si proches ou seulement éloignées géographiquement. Et voilà que surgissait cet homme de la société *PerlEm*, le nom nouveau des *Perles d'Émeraude,* plus court et moins poétique. Solenn y avait travaillé une dizaine d'années. Sa première et dernière « boîte » c'est ainsi que les *Perles d'Émeraude* devenues toute sa vie, avaient était reléguées à une boîte, sans doute comme les autres, où la productivité et les petites humiliations rabotent les rêves et les « merveilleux » projets.

Le hasard ?

Voilà dix années qu'elle était morte presque jour pour jour, et cet homme apparaissait.

Pourquoi voulait-il la rencontrer ? Pas pour vendre ses produits. Elle l'aurait jeté à la porte. Venir lui rendre compte du succès de cette société gagnée de plus en plus par la cupidité et la maltraitance de ses employés ?

Surtout ne pas penser à Solenn ce soir ! Ce colloque était tombé à point pour éloigner un temps, cet anniversaire qui lui redonnait la tendresse de ce qu'elles avaient vécu et la souffrance de son absence.

Malgré sa fatigue, elle résolut de faire une balade dans la forêt qui s'étendait sur plusieurs milliers d'hectares derrière chez elle, et telle une mer déchaînée, essayait à chaque printemps de pousser un peu plus son avantage.

Seule la présence et la respiration des arbres réussissaient à la calmer. Elle avait essayé le yoga, la sophrologie et l'hypnose, mais ses pensées obsédantes, ses petits singes qui l'habitaient, avaient résisté avec acharnement à toutes ces pratiques. La forêt les tenait en respect et bien souvent, ils se faisaient oublier.

Le soir tombait. Toute vie peu à peu se préparait à l'obscurité, à une nuit d'alerte et de sommeil, les prédateurs nocturnes n'étant pas encore en chasse.

Elle s'efforça de ne penser à rien, seulement se rendre poreuse aux souffles légers au sommet des arbres, aux craquements des branches, aux bruissements des feuilles qui brasillaient sous les feux de l'automne qui s'installait. Les aboiements de deux chevreuils brisèrent les mille bruits du silence et réveillèrent, un temps, ses petits singes se débattant dans des questions qui, après tout, ne la concernaient pas.

Savoir le nom de cet homme, ce qu'il venait faire ici.

Sa forêt, c'est ainsi qu'elle en parlait, mais ce n'était pas sa forêt. Elle était émiettée en une multitude de propriétaires, certains possédaient l'équivalent d'un timbre-poste abandonné aux printemps successifs, mais la majorité appartenait à un aristocrate descendant de maîtres de forge. Elle n'était la gardienne de rien mais l'hôtesse de taillis, de futaies et d'une lande herbeuse malmenée par les vents marins. Elle aurait pu cependant tutoyer chacun de ses arbres, les sapins, les merisiers, les saules, les acacias, les bouleaux, les aulnes, les châtaigniers, mais à part ces derniers, elle préférait les hêtres et les chênes, les plus nombreux, qui l'avaient connue lorsqu'elle était enfant.

Cet homme ?

Personne n'avait dit qu'il était mort, il était seulement recherché.

Un accident ?

La forêt s'étendait sur un relief tourmenté, une vallée profonde, de multiples ruisseaux et des versants percés de chicots rocheux pareils aux ossements d'un corps décharné. Des barres rocheuses terminées par des à-pics, dominant des amoncellements d'énormes blocs, les trous d'anciennes minières envahis par les ronces et des grottes, constituaient le charme de cette forêt et ses dangers.

Peut-être s'était-il promené en attendant de la rencontrer ?

Accident ? Suicide organisé dans le silence des frondaisons ou disparition volontaire ? Après tout, il n'y avait pas de cadavre. Au Japon, des centaines de milliers de personnes s'évaporaient, s'évaporaient volontairement. La honte d'une vie où ils ne se sentaient pas épanouis, des échecs répétés, une concurrence trop forte pour des êtres plus fragiles, moins entreprenants, moins rapides, moins efficaces. Des couples qui tournaient en rond dans la furie du quotidien. Cet homme était-il de ceux-là ? La race des perdants, ceux laissés sur le bord du chemin d'une société qui envoyait un message simple : malheur aux faibles et aux rêveurs. Les bas-côtés de ce chemin de la compétition étaient suffisamment larges pour vous accueillir et vous oublier !

Les ratissages habituels n'avaient rien donné et il aurait fallu plus de moyens pour passer au peigne fin le relief heurté de la forêt et ses épais taillis.

Elle ne s'éloigna pas trop. La nuit allait tomber. Soudain, la crainte de découvrir cet homme vivant ou mort. Elle ne sut pas distinguer laquelle des deux possibilités était la plus horrible pour elle.

Elle décida de rentrer et n'eut pas le courage de se préparer un repas. La solitude lui pesait quelquefois le soir, mais jamais dans la forêt. Les échecs de ses relations amoureuses l'avaient délivrée peu à peu d'un besoin affectif trop prenant. Ses compagnons successifs avaient cherché une jolie femme, un joli corps, mais pas elle.

Elle s'endormit comme une masse.

-3-

Lundi matin, le réveil, une douche, un petit déjeuner trop rapide, pas assez consistant.

Quatre heures de cours, l'après-midi libre c'est-à-dire en dehors de la présence des élèves.

Elle allait consacrer ce long temps à la correction de nombreux devoirs accumulés pendant son week-end « carnivore », et plus tard, revoir le déroulé d'une séance qu'elle jugeait trop complexe pour le niveau de la classe.

Certains parents imaginaient sans doute que les cours étaient régulièrement réchauffés en une mixture servie tiède d'une année à l'autre, d'une séance à l'autre. La vérité était bien éloignée. Les ingrédients variaient selon la qualité des convives. Certes, ils n'avaient pas tous très faim mais ils devaient terminer leur assiette. Des cours que la magie de la professeure devait transformer en des plats succulents entre la dissection d'un œil de bœuf ou l'appareil digestif de la souris. Mais c'était la botanique qui l'intéressait davantage.

La forêt, les plantes avaient été la ligne continue de son enfance avec Solenn et Bastien, l'aventure dans les bois, loin des parents, l'imagination réceptive aux monstres, loups, renégats, proscrits, charbonniers enfumés à la peau grisâtre, à tous les égarés aux yeux fous qui les attendaient derrière des bosquets ou étaient prêts à dégringoler des arbres pour leur barrer le chemin.

Elle avait le temps nécessaire pour abattre cette montagne de feuilles aux écritures qu'elle reconnaissait en grande partie. Son week-end lui avait instillé une vitalité nouvelle et au bout de quelques corrections, cet homme, disparu près de chez elle, s'était éloigné de ses préoccupations.

Décidément, les filles écrivaient mieux que les garçons et n'oubliaient pas qu'il y avait des réglures sur les pages !

Un appel téléphonique... Elle n'était là pour personne quand elle travaillait à la maison. Trois coups répétés ; ce devait être la voisine et son code habituel. Voisine prévenante mais un peu trop gazette, exagérément attentive à la vie des autres qu'elle pimentait de commérages.

Le temps avançait, les copies aussi, encore les trois coups de téléphone, elle ne répondrait pas.

Vint l'heure de sa pause, celle du milieu d'après-midi, le thé brûlant, un rite, un besoin. Un premier bilan : comme toujours des perles d'élèves à enfiler qui la faisaient sourire, des devoirs brillants et la grande majorité des besogneux mais qui réussiraient plus tard dans leur vie si la société croyait encore en eux.

Elle sortit sur sa terrasse qui donnait plein sud.

De loin, elle vit Edwige, la voisine qui montait le chemin vers sa maison. Elle habitait à deux kilomètres, distance qui lui permettait un minimum de maintien en forme. Jeune retraitée, elle n'avait pas encore trouvé le ton de sa nouvelle situation. Son grand jardin potager l'occupait sans pour autant combler un manque découvert en vivant à longueur de temps avec son mari, terminant sa vie professionnelle par un long chômage qu'il supportait mal. Le repos bien gagné après une vie de travail était devenu son enfer. Il répétait constamment ce qu'il avait compris « on n'a plus besoin de vous, vous êtes obsolète et trop peu réactif ». Il était devenu acariâtre et répandait avec constance son malaise sur ses proches. Ses enfants venaient de moins en moins souvent, invoquant une vie professionnelle trop dense. Peut-être était-ce vrai ?

Edwige essayait de trouver de nombreux prétextes pour s'évader de leur petit paradis de retraités.

Dorothée la voyant venir ne put fuir son approche. Décidément, elle exagérait ! Elle ! Elle n'était pas en retraite, et une profe à la maison travaillait et ne prolongeait pas des vacances scandaleusement longues pour certains. Elle lui fit, malgré tout, un petit signe pour l'accueillir de loin. Le temps d'atteindre la terrasse où elle prolongerait sa pause-thé avec elle.

Juste après une courte embrassade, Edwige, sans transition, évoqua le disparu. Déjà, on ne parlait que de ça. Des événements de ce genre si rares par ici, devaient exciter les conversations et reléguer à plus tard le temps qu'il fait, qu'il va faire ou qu'il a fait. Cette disparition damait le pion momentanément à tous les adultères, divorces connus, aux incendies et accidents de la route.

- Tu le connaissais ? Il voulait te voir, il m'a demandé où tu habitais, j'ai hésité, puis je lui ai donné ton adresse. Un bel homme et charmant... je crois que je lui aurais acheté une pommade contre l'acné juvénile. Il a réussi à me vendre un produit anti-rides et une eau de toilette, malgré Hector. Tu sais, il dit toujours non, alors je fais une petite moyenne de ses refus.

C'était un commercial de *PerlEm*. Il m'a dit que ton amie Solenn y avait travaillé comme cadre. Dorothée pâlit, elle qui avait un teint de faïence malgré sa vie au grand air.

- Il voulait te voir à ce sujet. Mais c'est du passé, cela fait combien de temps ?

Edwige pouvait-elle oublier qu'il y a du passé qui ne passe pas. Il attend en embuscade, profitant d'un petit souffle pour se poser sur le présent, se sentant à nouveau chez lui, ignorant les années.

Dorothée alla chercher une tasse.

Avait-elle remarqué son trouble ? La voisine qui avait l'œil vif et l'imagination encore plus acérée pouvait colporter dans le voisinage tous les fantasmes d'une femme aigrie.

Dorothée se croyait libre du qu'en-dira-t-on, lié à une femme encore jeune et seule, mais elle était attentive à ne pas alimenter les racontars. Cet homme disparu, un ancien amant venu pour renouer ? Une dispute violente ? Elle le chasse ou elle le tue et dissimule son corps dans les nombreux chaos rocheux de la forêt, mieux encore, elle le découpe - une profe de biologie connaît les agencements des chairs et des os - et le brûle peu à peu dans sa chaudière à bois.

Invraisemblable, j'étais à mon colloque lors de sa

disparition, pensa Dorothée, mais les élucubrations se moquent de l'invraisemblable.

- Tu sais! Il y a plus de dix ans. C'est loin et je ne sais pas qui il est.

Savoir ! Edwige donnait une nouvelle, il fallait repartir avec du grain à moudre.

La potinière ne se satisfaisait pas de la réponse, elle était venue pour alimenter ses commérages et sa récolte était bien maigre. Il y avait un peu de substance, un homme charmant, Dorothée une jolie femme qu'elle enviait. Avec un peu d'imagination, elle pouvait rassembler les deux et tenir quelques semaines.

Dorothée allait-elle devenir suspecte de le connaître ?

Sa voisine avait sans doute renseigné les gendarmes avec le si peu qu'elle savait, et un peu plus avec ce qu'elle devinait. Il voulait la voir, il venait la voir, tout cela, ils le savaient déjà. Dorothée se garda bien de lui poser la question qui la taraudait. Il fallait feindre l'indifférence et... resservir une tasse de thé.

Sa pause se terminait et la montagne de copies demeurait imposante.

Trouver une porte de sortie pour Edwige :

- Merci encore pour les haricots verts de la semaine dernière, ils étaient excellents. Elle faillit ajouter comme toujours, mais le temps pressait.

Elle s'était habituée aux rites des voisins, tous distants de plusieurs centaines de mètres, c'était le café à toute heure, un café qu'on ne refuse pas et puis, l'inévitable tour du courtil, les légumes mêlés aux fleurs, l'invitation à tout ce qui bourdonnait, à tout ce qui pollinisait pour accomplir un travail millénaire. D'éminents spécialistes en écologie enseignaient péremptoirement ce que des générations savaient et faisaient : pas de jardins légumiers sans fleurs.

Dans le bocage, on ne repartait jamais les mains vides : des fruits, une laitue, quelques courgettes ou à l'hiver, des pommes et le cœur débordant. Il fallait cependant beaucoup de temps pour que les mains et les cœurs s'ouvrent.

C'était ça sa vie ici.

Edwige partie, l'abondance des copies lui occuperait l'esprit. Le sujet du devoir « la digestion chez les mammifères » se mélangeait avec un homme dévoré par la forêt et le visage de Solenn redevenu présent.

Cet homme ?

Solenn ? Cet homme voulait me voir ?

À son sujet ?

Que dire, dix ans après ? Simple curiosité de la connaître, elle ? Cet homme était sans doute à l'enterrement parmi les nombreux collègues de son amie. Elle ne se souvenait que de la peine arrogante du directeur, entouré, protégé même par des collaborateurs attentifs et musclés.

Le souvenir de sa haine !

Elle se souvenait précisément de sa haine !

Envahie de colère, d'insultes rentrées, une haine absolue devant un précipice envoûtant.

Elle avait vomi derrière une tombe, et perdu connaissance.

Le soir venu, les copies terminées, elle ne put dévorer quoi que ce soit, elle alla couper quelques roses fanées et se bourra de calmants, sachant que sa nuit serait agitée.

Le lendemain, beau temps, un thé noir pour sortir de la torpeur d'un sommeil troublé, et cette lumière de petit matin qui enjolivait la campagne.

Emplir son sac des copies, revoir rapidement ses cours, partir pour six heures d'enseignement. Elle emporta une pomme qu'elle mangerait le midi dans sa classe.

De retour, fatiguée par sa nuit et par le surcroît d'énergie qu'elle avait dépensée pour intéresser les élèves, elle s'assoupit. Elle revécut sa journée et rêva que ses élèves l'avaient ligotée et pris possession du tableau qui se couvrait de mots ou de phrases qu'elle ne parvenait pas à lire.

L'infaillible réveil en sursaut ! Son chat qui grattait à la porte la délivra d'un cauchemar qui se mettait en place.

Les gendarmes devaient continuer leurs investigations, mais l'enquête était au point mort. Pas de cadavre, pas de réapparition, pas de mobile, pas de piste. Maintenant, elle comprenait que leurs questions allaient tourner autour de Solenn et peut-être d'elle, et du procès qui s'en était suivi. Edwige était loin de tout cela et Dorothée se serait bien gardée de lui expliquer quoi que ce soit.

Les limiers de la maréchaussée s'intéresseraient à sa vie, essaieraient d'y pénétrer, de repérer toutes les déchirures pour y découvrir des lumières intimes. Elle devait s'attendre à la nouvelle visite d'une voiture bleue vieillie qui affronterait vaillamment les nids-de-poule du petit chemin qui reliait sa maison à la route départementale.

Une fois de plus, elle eut envie de la lumière tamisée de la forêt avant le déclin du jour. Elle sortit de son bureau. La façade de sa maison était encore en pleine lumière, un écran autrement lumineux et apaisant que celui de son ordinateur sur lequel elle regrettait de passer tant de temps. De là, le regard pouvait se perdre sur les hauteurs qui dominaient la vallée de la Sélune, un petit fleuve côtier, au bord duquel elle était née. Des collines encore boisées soulignaient le maillage serré du bocage aux marches de la Bretagne et de la Normandie.

Dans le ciel, deux rapaces - des buses - décrivaient de larges cercles au-dessus des prés. Elles semblaient emplir consciencieusement tout le bleu, pour ne pas user les étranges connexions de ce ciel pur et de la terre.

Elle rentra pour chercher une cigarette, elle n'avait pas fumé depuis..., il y avait bien longtemps. Le paquet était sur son bureau comme trophée d'une victoire difficilement acquise, le masque de l'ennemie revivait aujourd'hui et prenait sa revanche. Mais le temps est un allié, le tabac et le papier avaient servi de repas à des insectes morts depuis sans doute une éternité d'insecte.

La tentation ressuscitée subitement et le combat qui n'avait pas eu lieu ! Pourquoi ce besoin subi et si vite évanoui ?

Elle ne voulait pas penser à ce que son cerveau était en train d'élaborer.

La présence des rapaces la rassura. Ils accomplissaient leur tâche d'équilibre du nombre de rongeurs ou de celui des oiseaux qui pillaient trop le jardin à son goût, ces temps-ci. Elle aimait les rapaces, et enviait leur acuité visuelle, leur aptitude à utiliser les courants chauds pour monter d'une manière vertigineuse et leur façon systématique de ratisser du regard le moindre mouvement, la moindre vie palpitante et alertée.

Apaisée, son envie de cigarette avait disparu et d'ailleurs l'avait-elle eue ? Elle était bien enracinée parmi les abstinents heureux, elle essayait seulement de ne plus boire de café, ce breuvage du diable était trop associé à la cigarette qu'on allume.

Cet inconnu ! Il ne fallait pas que le passé de son amie resurgisse par lui.

Le prénom de Solenn la blessait encore. Il y avait quelques années, une de ses élèves portait ce prénom. Elle s'était débrouillée pour l'interroger, s'adresser à elle, en évitant ce que sa bouche ne pouvait prononcer.

Edwige avait évoqué son amie, l'homme l'avait appelée Solenn, il la connaissait donc bien.

Après dix ans, d'ultimes révélations ?

Un remords qu'il ne parvenait plus à contenir ?

Sa femme, savait-elle son projet de la rencontrer?

Lui téléphoner au plus vite.

Savoir.

D'abord, cesser les suppositions. Son père lui répétait souvent « Dorothée arrête avec tes suppositions ». Elle avait l'art des constructions infinies, une imagination fertile qui, lui répétait-on, tournait à vide. Plus tard, avec son éducation scientifique, elle rectifiait : ce ne sont pas des suppositions mais des hypothèses et les hypothèses accompagnent les qualités des chercheurs efficaces.

Dans sa famille, elle n'était pas convaincante.

Peut-être était-il venu tout simplement découvrir la forêt et le bocage dont les photos avaient servi longtemps pour illustrer les « produits naturels » de la société *PerlEm* ?

Mais la voir elle ? Faire la connaissance, dix ans plus tard, de la femme qui avait une si abondante chevelure couleur feu et apparaissait dans les catalogues et sur le site de l'entreprise ? Elle n'avait pas pu refuser à Solenn de prêter sa chevelure aux photographes, d'ailleurs on ne reconnaissait pas son visage.

Ses petits singes pariaient sur la honte ou un remords qui l'avait décidé à abandonner sa vie et à s'évaporer loin du regard de sa femme et de ses proches.

D'ailleurs il n'y avait pas de cadavre ! Il était évaporé, transformé en « johatsu », et allait devenir invisible, sans identité, un anonyme qui cachait un adultère, fuyait un déshonneur ou des dettes.

Elle pensa à un remords, elle voulut croire à un remords concernant Solenn.

Un fromage blanc, une dose de calmants et dormir... sans rêves.

Ses rêves vinrent par la pluie qui tambourina sans discontinuer jusqu'au matin. Les nuages s'étaient rassemblés sur les sommets de la forêt, les hautes cimes des arbres et le relief conjuguaient leur résistance et appelaient à des amoncellements, des surcharges, des cohortes entières de cumulus, de nimbus et de cumulo-nimbus. Il fallait bien que tout ce peuple s'allégea avant de poursuivre son chemin vers l'intérieur des terres. Dès le soir, elle avait entendu le vent de mer qui changeait de rythme et se préparait, après la houle de l'océan, à aborder l'ondulation des arbres. En se couchant, elle avait remarqué la mise en place d'un champ de bataille, des nuages qui prenaient la force et la consistance d'un granit bleu, dont l'ombre semblait rayer la surface des champs. L'horizon était cuivré du soleil couchant. Elle s'attendait à des éclats de trompette ou de cymbales. L'orchestre rassembla en effet, tous ses musiciens puis commença à jouer quand son sommeil devint plus léger, il laissa toute la place à des rêves dont elle ne se souvint pas mais qui l'habitèrent toute la journée.

Après la tempête de la nuit, le vent avait abandonné le ciel à une pluie droite et douce, un crachin qui emplissait l'air de fines gouttelettes, elle aimait ce contact sur ses yeux, ses joues, sur ses lèvres. C'était un jour comme ça où il eût fallu posséder des branchies pour être plus à l'aise. Elle aimait ce temps qui rafraîchissait ses nuits. Au sommet de la forêt, le crachin se résolvait en une brume enveloppant la cime des arbres et semblait poser un doigt sur la bouche de tous les êtres.

Elle respira profondément.

Elle devait faire cours toute la journée.

En retrouvant ses élèves encore fort éloignés des préoccupations des adultes, elle prit conscience que sa nuit n'avait pas été trop catastrophique. Elle évita quelques collègues hommes qui régulièrement échangeaient sur les derniers résultats sportifs.

Elle se détourna de leur regard, pas de leurs remarques.

- Eh Dorothée ! Un homme a disparu près de chez toi, où le caches-tu ? Tu dois avoir de grands bocaux de formol pour le conserver.

À moins que tu le préfères vivant pour la dissection !

Tes plantes carnivores sont peut-être en train de le digérer ?

Chacun connaissait son intérêt pour ces dernières ! La presse locale lui avait consacré quelques articles. Elle était intervenue pour protéger une lande plus haut dans la forêt où prospéraient des rossolis.

Dorothée avait l'esprit vif, et les nombreux lazzis ou compliments qu'elle avait entendus depuis son adolescence, l'avait renforcée. Ce matin, son esprit de repartie était en sommeil, elle se contenta d'un haussement d'épaules et du sourire habituel. Déjà, elle avait évité les propos convenus !

-4-

Elle enseignait les S.V.T. : Sciences de la vie et de la terre. Certains parents retenaient encore l'ancienne appellation de sciences naturelles. Acronymes, sigles, raccourcis et abréviations avaient envahi le monde. Il fallait gagner du temps, toujours gagner du temps, et en perdre pour rechercher leur signification. Le temps long de la géologie, de la biologie, le cycle de la vie, celui des saisons, la longue histoire de l'émergence des organismes pluricellulaires jusqu'à l'Homo sapiens sapiens l'éloignaient de considérations aussi courtes. Elle était seulement malheureuse d'appartenir à une espèce bien imparfaite qui, avant d'atteindre son acmé, se condamnait et tant d'êtres vivants avec elle, à son anéantissement.

C'était mercredi, elle avait prévu de consacrer son après-midi à la préparation d'un cours qu'elle aimait particulièrement et que les élèves appréciaient.

Elle était consciente du privilège de vivre à la campagne, cette campagne qui alimentait nombre de ses leçons.

Avant de s'y enfoncer et de suivre les chemins qu'elle s'était frayés, sans doute ouverts par des sangliers dont l'immense appétit dévastait les champs alentours, elle s'arrêterait près d'un immense massif de gunneras qui bordait l'ancienne entrée de sa propriété. Son grand jardin, elle ne voulait pas l'appeler son terrain, mais cela aurait été le mot le plus juste, échappait à leurs raids nocturnes et terriblement efficaces.

Elle descendit au bord de la rivière qui longeait au sud sa *jungle exotique.* Les gunneras avaient prospéré. Le climat humide et relativement doux de l'hiver leur convenait. Dorothée aimait disparaître parmi leurs énormes feuilles et leurs tiges charnues et hérissées. Elle s'y sentait dans un ventre accueillant, où elle aurait pu se blottir comme un nouveau-né. Les feuilles et les inflorescences atteignaient des tailles inusitées. Cette variété nouvelle trouvait là des conditions de sol et de climat idéales. Étrangement, leur gigantisme la rassurait. Les sangliers ne passaient pas par là, ils préféraient suivre l'autre rive de la rivière de Saint-Jean qui charriait depuis la pluie violente de la nuit dernière, de véritables caillots de sang frais.

Les collines regorgeaient d'immenses réserves de minerai de fer donnant aux eaux, une couleur rougeâtre ! Le petit village de *Bourberouge*, la boue rouge, rappelait une longue histoire d'exploitation de la terre et des vies rudes. Quelques habitants avaient essayé d'en changer le nom. Quelle que soit la couleur, ils ne voulaient pas être des « bouseux », expression qui ne se disait plus, mais qui transparaissait quelquefois très fort dans le regard de certains !

Bourberouge ! La présence du minerai avait créé le village sous l'autorité d'un comte poursuivant la tradition des maîtres de forge jusqu'à la guerre de 1914. Les roches, les eaux avaient des teintes plus ou moins affirmées, c'était l'histoire des lieux.

Pourquoi voulaient-ils renier leurs racines ? Leurs ancêtres avaient courbé le dos sous les charges ou les coups de pioche qu'il donnaient inlassablement, les femmes et les enfants entassaient dans des sacs, la minette si pauvre en minerai.

Elle habitait dans un lieu-dit *La Fieffe au Songeur*, elle aurait voulu féminiser son lieu de vie. *La Fieffe à la Songeuse.* Elle ignorait cependant quel songe avait inspiré un tel toponyme !

Un chemin de grande randonnée longeait le bas de la vallée en bordure de sa propriété.

« Attention aux plantes ». Plusieurs pancartes étaient tombées.

Le vent de la nuit dernière sans doute !

Elle les redressa et sourit. Tous ses voisins avaient des chiens et les entrées étaient affublées de « Attention au chien » ou « Chien méchant ». Le portrait du maître ou de la maîtresse, sans doute ! Son « Attention aux plantes » la rangeait dans une autre catégorie que celle de la menace. Un de ses collègues en réaction à ces écriteaux qui se multipliaient avec « Les voisins vigilants » avait planté dans sa pelouse « Attention au propriétaire » ou encore « Chat caractériel ». Malgré tous ses efforts, le brave matou vous accueillait avec grâce et une profonde dignité, puis allait ronronner après avoir obtenu sa ration de caresses. Quant au propriétaire, il montrait des dents découvertes par un immense sourire qui le quittait rarement.

Le sol, aux abords des gunneras conservait les traces des investigations gendarmesques et notamment le chemin qui avait archivé avec la boue de la nuit, les pas désordonnés des recherches infructueuses.

Son cours sur la digestion chez les rapaces pour vendredi lui demandait une autre attention : la recherche de pelotes de réjection. Dans un rayon de dix kilomètres, la nature accomplissait son labeur millénaire. Un travail silencieux, une surabondance de vie et d'énergie, et une continuelle dévoration.

Un rayon de dix kilomètres ! Elle savait que toute une vie ne suffirait pas pour en faire le recensement, en explorer la complexité et l'infinie variété. Déjà son intérêt pour les plantes carnivores l'avait menée dans un monde dont elle avait ignoré au début, l'immensurable richesse.

Pour cette fois, elle avait besoin de quelques pelotes. Le vieux clocher du bourg, de vieilles granges abandonnées dans ce pays d'exode rural qui saignait encore de ses jeunes, lui fourniraient les reliefs d'une effraie, la belle dame blanche, d'une hulotte ou même d'une chevêche. Si elle en avait le temps, elle pousserait, pour d'autres provisions de pelotes, jusqu'à la forêt, où de nombreux épicéas avaient échappé définitivement aux hécatombes de Noël.

Dans le vieux clocher, un pommier avait trouvé une terre chrétienne où pousser. On le disait centenaire et ressemblait à un bonsaï ayant choisi le nanisme pour être au plus près des cloches qui marquaient les baptêmes, les mariages ou les enterrements. C'était le vieillard du village et il fallait lever la tête pour le voir et éviter de recevoir sur la tête une de ses rares pommes. La coutume était de l'offrir au plus jeune de la commune en âge de la manger. Quand elle était adolescente, cela lui paraissait stupide, mais maintenant, elle savait qu'il ne fallait pas couper le fil ténu et à peine visible du passé et de la transmission des générations qui avaient fait ce qu'elles avaient pu.

Au pied de l'église, pas de pommes, pas de pelotes. Rien non plus dans les ruines des hangars de l'ancienne mine. Si les élèves ne rapportaient pas leurs propres découvertes, son cours tombait à l'eau.

Elle avait encore le temps, la correction de ses copies était terminée et ses cours peaufinés. Ce qui convenait d'appeler le temps ne la pressait pas. Elle avait ce privilège des enseignants, des artistes et de quelques professions, de pouvoir organiser ses activités. Travailler jusqu'à deux heures du matin, préparer un cours avant tous les levers du voisinage, la rendaient disponible pour ce que la vie pourrait proposer au cours de la journée et qu'elle ne resservirait pas. Il lui arrivait même d'interrompre ses cours pour regarder avec les élèves un lever de soleil d'hiver quand le ciel semblait s'être accroché aux épines des arbres et saignait abondamment. Quelquefois, tout le monde se rassemblait près des grandes fenêtres pour mesurer l'approche d'une tempête gonflée de tous ses cumulo-nimbus prête à déferler sur le collège. Une de ses élèves, Océane, avant de s'asseoir à sa place montait sur une chaise pour mieux apercevoir le Mont-Saint-Michel visible de la classe.

Il fallait s'enfoncer dans la forêt pour récolter ce que les rapaces régurgitaient.

Pas de portable, pas de montre, le temps n'avait plus les moyens de se faire remarquer. Il pouvait disparaître. Malgré tout, il avait le ciel pour lui. Elle s'était habituée à renouer avec la lecture de la course du soleil et la précision de ses aiguilles ou plutôt de ses traits qui faisaient tourner les ombres. Elle ne se trompait guère. Même les jours de brume ou de ciel nébuleux, son corps avait son décompte juste des heures, et quelquefois même de leur demie.

La servitude du temps exact était oubliée aussi pour les amis. Elle n'était ni en retard, ni en avance, elle arrivait et se faisait toujours pardonner.

Le vent qui s'était levé pendant la nuit avait cessé, pas même une légère brise, pas de transition, de la tempête au silence d'un après-midi. Tout était devenu calme. Le long des troncs et des branches, seulement de lentes coulures vertes rejoignaient l'humus qui ne pouvait plus rien absorber.

L'égoutture des arbres constellaient ses cheveux roux de petites perles que le soleil allait évaporer. Elle s'abandonna à ce calme, calme moléculaire pensa-t-elle.

Un tronc à mi-soleil : s'asseoir, s'absorber, être absorbée, se laisser gober par cet après-midi qui dispensait sa douceur, devenir ce papier buvard ou cette membrane poreuse retenant pollens, odeurs, froissements de l'air. Elle était un hêtre. Son arbre préféré ! Elle ne savait pas trop pourquoi elle aimait son tronc lisse, c'était avec les hêtres qu'elle ressentait le plus d'énergie quand elle les enlaçait. À leur pied, elle pouvait demeurer des heures dans la contemplation des légères stries de leur tronc, des lichens qui les colonisaient, des champignons qui pouvaient les tuer peut-être un jour, et des myriades de moucherons qui semblaient attirés par leur frondaison. Quelle étrange chorégraphie, quelle sorte d'intelligence collective les animaient et commandaient leurs vols erratiques ! Ils étaient si nombreux que l'air qui l'entourait devenait visible, et volait silencieux sous le soleil.

Dans un rai de lumière, elle voyait ce qu'elle respirait de la vie, son corps, et celui de milliards d'humains, filtraient, se nourrissaient du seul gaz nécessaire, ce cadeau des plantes commencé il y a quatre cents millions d'années et pouvait un jour cesser à la surface de la terre.

En demeurant ainsi, elle songeait parfois qu'elle s'enracinait ; de petites radicelles unissant ses fesses, ses cuisses à la terre et se nourrissant de l'humus. Mais que lui rendait-elle ? Ni feuille, ni fruit, seulement la rousseur de l'automne de ses cheveux et un sourire béatifique qui suspendait, un temps, la vie alentour. Elle accédait alors à l'éternité des arbres par le trou si ténu de l'instant que passé et futur ne pouvaient atteindre.

Elle était souvent mal à l'aise avec la façon dont beaucoup vivaient le temps. Un temps linéaire ! Quelle étrange invention ! L'expérience de tous les jours démontrait le contraire. Elle préférait ce que disaient les Chinois, le temps venait de l'horizon et du futur et on le voyait passer. Ce qu'elle vivait, ne pouvait pas être contenu par les armées bien encadrées des minutes et des heures. Si elles avaient essayé de réintégrer un cadran, le décompte surprenant de plus de 24 heures par jour, aurait été dépassé.

Elle éprouvait seulement l'intensité d'un

abandon à l'esprit de la forêt qu'elle imaginait bienveillant.

Elle était maintenant toute tachetée de soleil, en se dénudant, son vêtement de lumière lui aurait suffi. Bartolomew, un ami peintre, qui vivait dans un village en contrebas, disait que le vert de la forêt lui allait si bien. Il l'invitait à se dévêtir pour opérer une merveilleuse symbiose avec la rousseur de sa chevelure et la blancheur de sa peau. Elle acceptait de lui ses quelques remarques érotiques, c'était un jeu de séduction qu'il faisait avec toutes les femmes, mais il n'évoquait jamais un passé ou un présent amoureux. Il était arrivé qu'elle se baignât, nue, dans des élargissements de la petite rivière qui traversait la forêt. Elle aimait ces récits de l'Antiquité grecque où les déesses, surprises dans leur intimité par un regard humain, obtenaient réparation par la mort, l'aveuglement ou la métamorphose. Elle n'était ni Diane, ni Suzanne, ni Syrinx, et n'avait pas un tel pouvoir, si elle l'avait eu, elle l'aurait exercé sans hésiter.

Sa présence avait été remarquée par une infinité d'êtres vivants. Chacun possédait un langage, réagir, prévenir, alerter. Il n'y avait pas que les oiseaux ou les mammifères à être dans une alarme constante. Les arbres aussi communiquaient entre eux pour se protéger des prédateurs et fabriquaient des toxines. Son hêtre, que pouvait-il fabriquer à son contact ? Sans doute n'était-il pas inquiet par sa présence ?

Elle ignorait son nom donné par un brin d'herbe piétiné, un coléoptère échappé à ses pas, ou le merle qui tout à l'heure avait crié son approche et alerté la forêt. Quel était son nom pour chacun ?

Elle sentait l'humain chez les mammifères. Elle était cette bipède dangereuse pour la vue perçante des oiseaux, un ébranlement du monde, un séisme pour les couleuvres ou les lézards. Elle aurait voulu connaître son nom dans toutes les langues qu'elle entendait autour d'elle. À son approche, on avait dû la désigner au moins une fois.

Les hommes nommaient les êtres vivants et ces derniers nommaient les hommes ! Elle savait qu'elle rêvait, mais était-ce si impossible ? Des scientifiques découvraient l'intelligence fabuleuse des corbeaux et commençaient à apprendre l'alphabet des oiseaux. Elle n'était pas la reine de la création, elle perturbait seulement des chasses, des pièges ou des digestions, sa présence bouleversant un monde ! Un nom, peut-être le sien, avait été prononcé et elle ne l'avait pas perçu. « Attention humain », mais le cri qui l'exprimait, elle, était-il différent de celui donné aux chasseurs ?

Les yeux clos !

Tout parlait autour d'elle, les oiseaux, les insectes, des reptations sous les feuilles. Appels amoureux ou de répulsions, invites, pièges, tous ces crissements, froissements, craquements, grésillements, stridulations, la vie était un grand dictionnaire dont elle connaissait seulement quelques pages et où le mot humain avait sans doute pris trop de place et effacé tant d'autres mots. Elle détestait les discours convenus, les bruits des mots usés, mais elle imaginait des bavardages d'animaux, des sons ou des chants qui ne portaient pas à conséquence, qui n'engageaient à rien. Elle savait pourtant que tout était utile dans le silence de la forêt. Elle s'exerçait à discerner les cris, les intonations qui rassurent le groupe des moineaux, l'excitation quand un ver, un insecte étaient repérés, puis attrapés et engloutis.

Tout ce temps passé à la recherche de la nourriture, puis à la digestion vigilante. Le chasseur devenait la proie d'un autre chasseur, toujours aux aguets. Le temps consacré ni à la chasse ni à la recherche de la nourriture n'était, pour la plupart des êtres vivants, qu'une tension constante du qui-vive, sortir de la grande chaîne des proies et des prédateurs. Exceptée la saison des amours, des parades, des désirs et du combat des mâles, tout n'était-il que nourriture, digestion, sommeil, une alerte permanente ?

Les êtres de la forêt lui enseignaient que la vie ne pouvait perdurer que par une constante vigilance, une extrême attention des sens et... à soi-même, ajoutait Dorothée.

La Bible racontait un paradis perdu et la punition divine du travail, la malédiction des hommes. La vie des animaux n'était-elle pas la vraie malédiction ? Regardez les oiseaux du ciel, ils ne sèment ni ne filent et pourtant... Cette liberté avait un prix terrible, pas ou si peu de temps pour vivre sans rien vouloir, sans rien chercher, le temps de la contemplation ou de la gratitude, seulement la chasse, la digestion et le sommeil.

Dans le monde devenu fou - mais avait-il été jamais raisonnable - s'arrêter à la contemplation s'assimilait à de la paresse. Ce ne devait pas être trop sérieux de regarder un arbre ou un oiseau, encore moins de se sentir dans une proche parenté avec chacun, où on semblait se connaître et s'entendre. Quelquefois, elle avait été surprise, par quelque promeneur, ramasseur de champignons ou pèlerin de saint Michel égaré, assise au pied d'un arbre ou allongée sur un lit de feuilles. Elle était fonctionnaire de l'État et volait sans doute les contribuables quand elle se ressourçait en humanité après une longue après-midi de copies corrigées, annotées et... notées.

Elle rêvait d'un jour où la science montrerait que les humains ne possédaient pas seuls un tel privilège. Ce qu'elle observait en était l'exact contraire. Pas de temps pour les oiseaux d'admirer la beauté du ciel, toujours en mouvement, la tête à droite, à gauche, de face, de trois quarts. Les herbivores ne voyaient que les herbes grasses et les carnivores que les gras herbivores. L'humanité avait une extraordinaire prérogative et elle l'ignorait.

Ou peut-être l'avait-elle oubliée ?

Le Créateur, s'il existait, devait revoir sa copie, élargir la conscience et le sens de la beauté aux animaux, effectuer une nouvelle distribution à toute sa création, elle pensait aux gazelles et cette fois-ci aux serpents.

Elle aimait bien cette idée pour les serpents.

Sa formation de professeure de biologie lui évitait la révolte contre la finitude de l'humain. Il était dans la chaîne de la vie et donc de la mort, mais contre toute logique, au plus profond de son ventre - elle pensait entrailles - elle excluait et refusait avec effroi, avec un profond malaise que l'homme puisse être proie, qu'il puisse être dévoré par un loup, un lion ou un tigre. Elle refusait que la chair du prédateur suprême qu'il était devenu puisse alimenter de grands carnivores. Il y avait les accidents, un éléphant ou un buffle qui charge et qui tue, un serpent qui mord ou qui étouffe, mais pas le dépècement des chairs, les membres arrachés, les mufles enfoncés dans les viscères, les vautours se bagarrant pour un morceau de viande humaine.

Cette répulsion !

En contradiction avec tout ce qu'elle enseignait de la longue chaîne de la vie.

Des notes claires, flûtées montèrent au-dessus d'elle.

Un merle noir.

Avec plus d'habitude, elle aurait pu le reconnaître. Reconnaître son phrasé et sa personnalité particulière.

Sa présence ne l'inquiétait nullement. Il était en conversation.

Il y avait bien longtemps qu'elle n'évoquait plus le chant des oiseaux. Nombre de ses contemporains devaient penser encore que la gent ailée donnait des concerts pour plaire à l'oreille humaine, des musiciens que la nature entretenait pour quelques promenades de fin de semaine ou l'enchantement d'un espace publicitaire. Les chants étaient la mélodie des approches, des alarmes, de la nourriture, des amours, pas un concert où, d'ailleurs, les musiciens se faisaient de plus en pus rares.

Les insectes chanteurs et autres concertistes ailés étaient morts ou n'apparaissaient plus au printemps, ce qui la terrifiait. La voilà cette humanité au-dessus de la nature qui réduisait les membres de la grande famille des êtres vivants et découvrait enfin - peut-être juste à temps - qu'elle ne pouvait vivre sans ses cousins et petits cousins, quelquefois fort éloignés mais qui, à la mode de Bretagne, avaient de grands ancêtres communs !

Elle avait lu l'histoire d'un pasteur américain, Simeon Pease Cheney qui, cent ans avant Olivier Messiaen, avait transposé sur une portée les cris et les chants des oiseaux ou l'égoutture des arbres après la pluie. Un étrange collecteur, où il s'agissait de débusquer dans l'air de la forêt ou des prairies, des battements d'ailes, des strates de chants, des couches de sons flûtés, des jacassements, des symphonies et tout à coup dans un silence étroit, des solistes se répondant un temps, au-dessus de l'abondant orchestre. Tout ce qu'exprimaient les oiseaux s'accrochait à des portées comme les centaines d'hirondelles de sa jeunesse alignées sur les fils électriques.

Les fils électriques étaient devenus moins nombreux, les hirondelles également.

Elle avait rêvé de compléter l'œuvre de ce Simeon Pease Cheney. Tugdual, son collègue d'éducation musicale avait trouvé l'idée excellente et s'était engagé dans cette folle entreprise, et puis une mutation en Bretagne interrompit sa patiente transcription. Elle espérait qu'il continuait ce projet en bord de mer, dans les landes, sur les falaises ou dans le grand jardin qu'il possédait.

Beaucoup de musées exposaient de nombreux tableaux de « nature morte », les Allemands ou les Anglais les appelaient, des « vies silencieuses », c'était dans un silence croissant qu'elle vivait désormais. Chaque cri, chaque chant, chaque stridulation devenaient un joyau précieux. Et ce calme gagnait ses petits singes. Eux aussi, se laissaient aller en ce début d'après-midi à une sieste douillette.

Ces moments d'intense parenté avec la Vie, elle les appelait ses extases. Bastien, le frère de Solenn, se moquait d'elle et l'appelait la mystique de Bourberouge. Elle revendiquait seulement la conscience vertigineuse d'être là, ses chaussures maculées par la boue des sentes de sa forêt.

Un souffle leva une symphonie d'odeurs, celle d'herbes sèches, de fleurs fanées, d'écorces chauffées par le soleil, celles, âcres, de cadavres en putréfaction. Un peu plus tard, des senteurs plus troubles, l'enveloppèrent. Dans l'humidité des mousses, elle perçut l'aigreur agréable des fougères roussissantes. Mais tout était beaucoup plus riche que ce qu'elle pouvait percevoir.

Elle aspira profondément, renifla. Son nez qu'elle avait fin était loin du mufle des chiens ou de celui plus subtil des chats. Sa récolte d'odeurs n'était pas maigre cependant. Il y avait tant d'effluves, de fumets, de remugles dont il fallait discerner les composants. Dix mille odeurs, les humains étaient paraît-il capables d'en reconnaître autant ! Elle pensa à Bastien qui travaillait sur le pouvoir des senteurs et avait obtenu plusieurs brevets.

En cette saison d'automne où les yeux étaient à la fête, son odorat ne l'était pas moins. Avant de s'enfermer dans l'hiver où les parfums attendraient le printemps, la nature profitant de l'alternance des pluies et du soleil encore chaud, faisait un bouquet de fruits secs ou en putréfaction, de mousses reprenant vigueur, des feuilles qui séchaient avant de tomber, des champignons, des mûres sur les ronces qu'elle ne cueillait jamais, elle n'en supportait pas les petits grains. C'était la fête de toutes les fructifications. Les quelques pommiers de son jardin éclataient de générosité. Il y avait encore quelques poires que les frelons terminaient de déguster. Il fallait encore batailler pour se partager les récoltes d'automne et accepter quelques concessions, elle tenait cependant à s'attribuer la plus grosse part. Après tout, ses pommiers et ses poiriers étaient de création humaine comme tous les légumes de son jardin.

Le sauvage était dans la forêt et encore...

Globule qui la suivait bien souvent dans ses escapades forestières, un véritable chat-chien, était grisé, lui aussi. Son étonnante perception des mouvements, ses vibrisses et ses terminaisons sensibles le rendaient fou. Il était seigneur et maître de la nature. Dorothée si elle avait cru en la réincarnation aurait été satisfaite de renaître sous la forme d'une chatte ou peut-être d'un chat. Il est vrai que la bipédie des humains les éloignait de la terre et de la folie de ses senteurs, de l'humus et de... l'humiliation d'être à quatre pattes.

Ses ancêtres du paléolithique auraient su lire ce grand livre de la forêt et ses multiples pages. Elle avait l'impression d'être une enfant déchiffrant du bout des doigts un ouvrage dont elle ne connaissait pas tous les mots.

L'homo sapiens du XXIe siècle avait acquis de nombreux handicaps et semblait ne pas s'en soucier. Ce que n'importe quel insecte peut percevoir lui échappait. Le bombyx du mûrier détectait une femelle à plus de onze kilomètres à la ronde, parmi des millions d'odeurs, quelques molécules dans des tonnes d'air, toutes ces phéromones étaient les appels de la vie, et elle, presque aveugle et sourde aux odeurs.

Ridicule, aveugle et sourde aux odeurs !

Anosmie ! Elle chercha le mot convenable dans la langue courante, elle ne le trouva pas. Décidément, les hommes avaient abandonné leur odorat et ne disposaient pas de mot pour le regretter !

Elle sursauta. Un animal bouleversa tout ce qui l'entourait, elle rit de sa méprise. Globule était réapparu. Il disparaissait, revenait un temps, disparaissait, semblant s'excuser d'être tant sollicité par tout ce qui l'entourait et par sa liberté. Il savait lui rappeler qu'après tout le chat avait été « domestiqué » bien après le chien mais qu'il leur était bien supérieur par sa sensibilité olfactive. Il laissait dire aussi qu'il était le mammifère à l'ouïe la plus fine.

C'était dans la forêt qu'elle saisissait le mieux son chat. Les ancêtres de Globule avaient compris les Hommes bien avant les chiens. Malgré leurs qualités avérées, ils ne voulaient pas être au service et en service. Dorothée rêvait quelquefois d'un pacte nouveau entre les chats et l'humanité. La gente féline, enfin attentive à son sort, consentirait à devenir les fins limiers de la police pour détecter les explosifs, la présence de drogue ou les malades atteints de cancer. Ils acceptaient seulement et pour longtemps encore d'offrir leur fourrure et leurs ronronnements aux mains attendries et pleines de caresses, mais pas plus.

Globule disparu, le silence revint.

Elle pensait à ses élèves qui craignaient le silence, associé pour eux aux heures qui ne passent pas, à l'ennui, au vide, un temps suspendu Dieu sait où, mais prêt à reprendre sa course, à réactiver ses minutes, ses heures dès qu'un bruit, une musique ou des voix retentissaient.

Et ces fichues pelotes ?

Le soleil avait allongé toutes les ombres et son horloge interne lui indiquait qu'il fallait continuer. Elle remonta à la surface du temps et regagna le GR. Elle y rencontra un couple qui, parti de Paris, se rendait au Mont-Saint-Michel par le chemin montois. Un chemin de paradis ! Il passait au bas de ses gunneras et longeait un moment la rivière. Elle vit dans leur regard, qu'ils croisaient une indigène, qu'elle était l'indigène, et faillit succomber à la tentation d'accentuer son personnage, prendre un vague accent paysan. Elle se retint. Peut-être la voyait-il posant pour un couvercle de camembert ?

Banalités échangées sur la beauté de la campagne, le calme de la forêt propice à une marche méditative. Ils enviaient les habitants d'ici, loin des préoccupations et des contraintes urbaines. Le préjugé des rats des villes sur ceux des champs ! Elle n'avait pas remarqué que ses voisins étaient de grands contemplatifs, ni que leur marche s'accompagnait d'épanchements lyriques ou de transports mystiques. Dans les campagnes, on avait observé le ciel sans effusion et sans beaucoup de mots. On ne lisait plus les signes ancestraux mais les écrans de plus en plus précis des météorologues. Elle évoqua le désespoir muet de certains exploitants agricoles - elle n'aimait pas ce mot - dans ce paysage de rêve, le suicide par pendaison d'un de ses voisins. Les zones sensibles des banlieues n'étaient ici que des zones de silence où l'on fracassait sa vie et celle de ses proches, dans le calme du bocage. Le couple ne voulait entendre que la beauté de la campagne. Ces pèlerins de saint Michel, imaginaient-ils l'ennui de la vie lente, le silence ancien des pensées qu'il faut enfouir et des mots qu'on n'a pas ou qu'on ne veut pas exprimer ? La nouvelle vie pèlerine de ces citadins, leur luxe, semblait seulement s'approfondir au calme du chemin et à la souffrance de leurs muscles.

Elle leur expliqua sa recherche de pelotes de réjection et leur expliqua brièvement ce que c'était. Ils avaient encore une journée et demie de marche pour atteindre le Mont. Elle leur indiqua une vieille grange qui pourrait les abriter pour la nuit.

- C'est gratuit ?

- C'est gratuit.

L'hospitalité ne se monnayait pas partout.

Restaient les pelotes !

Elle savait maintenant où trouver son butin. Les épicéas étaient de bons perchoirs pour les moyens-ducs. Elle ne s'était pas trompée. Une dizaine de pelotes étaient disséminées sur à peine quelques mètres carrés : couleur gris clair, surface assez régulière, c'étaient assurément des moyens-ducs. Son cours était sauvé !

-5-

Vendredi. La troisième E, sa classe préférée.

Au programme, elle aurait voulu dire au menu : la digestion chez les rapaces. Plusieurs élèves, filles et garçons, surtout des garçons coureurs de bois, grands constructeurs de cabanes et commensaux de tous les bâtiments abandonnés, apportèrent leur récolte. Boîtes ouvertes, petits cartels indiquant le lieu de la découverte, tout y était.

Vraiment cette classe ! Le temps passait trop vite, les élèves - pas tous, mais ils étaient nombreux - oubliaient d'entendre la sonnerie de la fin du cours.

Bastien, le frère de Solenn se moquait d'elle : se contenter d'enseigner en collège ! La lassitude, la répétition, descendre si bas, si loin de ton niveau d'études, bêtifier... Sa classe de troisième E était la plus belle réponse.

Son enthousiasme renouvelé, sa passion des sciences qui se conjuguaient de plus en plus au féminin pluriel, la transmission ou l'éveil vigilant de l'esprit critique endormi chez ses contemporains, suffisait à sa vie. Les élèves avaient beaucoup de connaissances inorganisées et souvent confuses, en surfant sur le Net. Elle leur enseignait à fuir la vague et proposait une plongée en eaux profondes afin de les éloigner d'un flot de surface qui ne grandissait pas leur intelligence. Ils devaient faire comme les arbres, enfoncer leurs racines dans l'obscurité, car la surface des choses était devenue intolérable.

En pénétrant dans la classe attentive, quelqu'un non averti aurait imaginé une mystérieuse cérémonie de coprophages, comparant les formes, les tailles, la surface, les couleurs de ces « crottes » récoltées avec délicatesse. Chacun jouait son rôle, il y avait eu, au début du cours, les éternels écœurés, cris d'alerte prévenant d'éventuels vomis, et puis tout s'était calmé, pas d'odeur, et la curiosité de découvrir le menu des rapaces. Les âmes sensibles avaient compris que les pelotes étaient régurgitées par le bec et non par une voie moins noble, qu'elles se plaisaient à nommer avec les mots que les adultes font semblant d'ignorer. L'attraction/répulsion d'une classe de Sherlock Holmes, armée de ses pincettes, dans le silence d'une morgue où officiaient une vingtaine de médecins légistes.

Dans chaque groupe, les pelotes étaient classées selon leurs formes :

les deux extrémités arrondies,

une seule arrondie,

une extrémité effilochée.

Mises à macérer, puis disséquées, les constituants classés, rangés, discussions, échanges vifs, quelques mots d'oiseaux, pincettes, aiguilles étalaient des reliefs de repas. Des crânes de petits rongeurs, mulots et campagnols, de musaraignes, des fragments d'insectes, des morceaux de terre, des poils, quelques plumes ; il y avait une variété de pelotes, une variété de rapaces : chevêches, effraies, moyens-ducs, et peut-être un faucon crécerelle.

L'indiscrétion scientifique, salutaire indiscrétion qui réfutait quelques idées fausses. La découverte que rapaces diurnes ou nocturnes n'étaient pas des ennemis mais des alliés de l'humanité.

Les rongeurs et les insectes pouvaient bien se tenir.

Son grand-père lui avait raconté que, dans les campagnes on avait cloué des chouettes sur les portes des granges ; son arrière-grand-mère avait entendu une nuit la « ferzée », celle qui annonce la mort. Pendant plusieurs jours, elle voyait la mort rôder autour de sa famille ! Ses élèves avaient entendu de telles histoires, ils s'en moquaient mais en étaient-ils tous débarrassés ?

En surplombant ses élèves qui s'affairaient, elle repensait à son choix de vie. Du trio inséparable qu'elle avait constitué avec Solenn et Bastien, elle était la seule à enseigner ! Le frère et la sœur avaient préféré la recherche et l'industrie. La maternelle, l'école primaire, le collège, le lycée, l'université, tous les trois inséparables, jusqu'à la mort de Solenn. Elle était demeurée, d'une étrange façon, le sommet de leur vivant triangle.

Dans sa classe de troisième, des amitiés semblaient indéfectibles, comme de vivants symboles ou des moitiés qui s'étaient retrouvées et ajustées parfaitement.

Déjà dix ans ! Tout était allé très vite. Elle n'aurait pas été étonnée de recevoir un appel ou un mail de Solenn, s'excusant de son long silence… Elle comprendrait. Tout serait pardonné, tout serait oublié, effacé, et reprendrait comme avant.

Elle ne regrettait pas les jeunes têtes, affairées à découvrir le menu des rapaces et notamment Magalie, inséparable de Louanne qui, par provocation et par une grande complicité, avait eu un large succès d'estime en apportant un sac-poubelle de ses parents. Elle était dans le sujet du cours. La poubelle avait été dûment vidée, triée, analysée, ses composants classés, cette fois-ci avec des dégoûts, des hauts-le-cœur, des nez bouchés, des malaises feints ou réels. La poubelle de réjection des bipèdes humains était abondante, malodorante. Qui aurait ignoré l'espèce humaine l'aurait imaginée monstrueuse de malpropreté et de mœurs alimentaires étranges. Une plume d'argent revenant aux rapaces qui avaient la bonne idée de rejeter si peu et sans odeur ! La poubellologie était une nouvelle branche de la sociologie : l'humain consommateur rejetait sans vergogne avec abondance et diversité. La nature n'avait pas eu le temps d'imaginer de nouvelles bactéries pour ces colossales digestions.

***

Un mouvement de « consommateurs » - comment en était-on arrivé à ce mot ? - avait organisé une journée nationale du zéro déchet… à la maison ! Chacun s'était débarrassé des emballages et conditionnements sur le tapis roulant des caisses d'hypermarchés. Plus de la moitié du volume des achats était restée dans les magasins. Les vigiles étaient intervenus, mais leur délicatesse avait semé une telle pagaille que maintenant les centres commerciaux mettaient à la disposition de leur aimable clientèle de grands bacs où les mérites de l'écologie et d'une France propre étaient vantés par une photo de plage bretonne immaculée. Certains s'étaient émus de constater qu'ils achetaient en définitive des emballages et des blisters. Certains même réclamaient une diminution des prix jugeant qu'ils n'avaient pas à payer cartons et plastiques souvent superflus et qu'ils laissaient maintenant, ostensiblement à la charge de leur hypermarché favori du samedi.

Le sac de Magalie ne contenait pas de côtes de porc, d'os de poulet, ni d'aucun autre animal. Le plat du jour ou les habitudes alimentaires familiales révélaient une espèce d'homme plutôt végétarienne : des demi-baguettes de pain, des reliefs de repas, où dominaient les légumes et les fruits, noyaux, pépins, pelures mêlées et en voie de pourrissement, les inévitables peaux de banane et quelques emballages qui n'entraient pas dans la catégorie des recyclables. Dorothée fut choquée par ce pain jeté, jamais elle ne s'y était habituée. Sa grand-mère et sa mère étaient demeurées gardiennes du pain, jeter du pain était un péché, il était sacré, et faisait partie pour certains de la prière de demande quotidienne. On ne jette pas ce qu'on a demandé. Elle savait qu'après chaque repas, des générations de moines avaient ramassé avec précaution les miettes de pain afin qu'aucune ne se perdît. Elle-même le faisait, et elle adorait le pain... perdu.

Elle repéra, mais ne put les subtiliser aux regards, deux préservatifs usagés. La famille de

Magalie révélait son intimité dans sa poubelle, bien malgré elle. Magalie, troublée, eut un regard interrogateur, et comprit que cette découverte déboucherait sur une enquête de sa part. Une partie de la classe pouffa et échoua dans des commentaires qui masquaient mal sa gêne et un esprit ordurier déjà affirmé pour des troisièmes. Cette découverte ferait le tour du collège. Elle devait regretter son bon coup du sac de réjection des humains. Les oreilles de ses parents seraient frôlées par cet incident, ils lui feraient une scène. Quelle fille avaient-ils engendrée ? Turbulente, espiègle, caustique, fine comme une lame et... terriblement attachante.

Dans la classe, c'était le couple Magalie-Louanne qui avait rejoint l'appel d'une adolescente suédoise Greta Thunberg et organisé la grève des cours un après-midi par semaine. Tant que les gouvernements ne comprenaient pas que les jeunes du monde voulaient vivre sur une terre habitable, la demi-journée était consacrée à des actions coups de poing ou à des réunions d'information. Les gouvernants étaient durs d'oreille, certains seulement sensibles aux chants dorés de sirènes qui leur promettaient, une fois retirés de la vie politique, un reclassement lucratif dans les grottes profondes de finances insulaires. Des parents avaient suivi et le mouvement dans le monde entier, transformait ce retrait scolaire et étudiant en un feu d'artifice de la vie adolescente. Dorothée et plusieurs collègues avaient proposé leurs compétences pour les aider à détecter dans leur quotidien la course lénifiante vers le chaos. Magalie toujours fidèle aux discussions après le cours, lui avait dit « Grâce à vous, je me sens plus humaine ».

C'était une fille comme ça qu'elle aurait voulu avoir.

Dorothée gardait toujours dans l'esprit cette phrase de Paul Valéry « Deux dangers menacent le monde : le désordre et l'ordre ». Sa classe oscillait toujours de désordre en désordre, avec de longues plages d'ordre où chacun avait à rassembler les matériaux que ces tempêtes avaient pu apporter. Plusieurs fois, le principal l'avait convoquée et, plusieurs fois, elle lui avait parlé de la distinction entre autorité et discipline. Elle pensait posséder la première. L'ordre était dangereux. Elle avait été une élève et une enfant trop douce, trop malléable qui pensait comme on marche aux pas des professeurs, suivait à la seule respiration de ses parents et surtout de sa grand-mère maternelle. Une professeure était peut-être une ancienne élève se vengeant de toutes les feuilles quadrillées, de tous ces barreaux ajoutés aux pages blanches. Recréer le désir d'une marge envahissante, une pleine plage vierge où allonger mots, croquis et dessins des arbres dont les branches maîtresses ne seraient plus prisonnières de petits carrés.

À l'adolescence, elle avait été submergée par des révoltes, des impatiences qui ne l'avaient plus quittée. Elle était devenue rebelle, profondément rebelle mais à la manière des chats ou de certaines femmes. Amoureuse des paradoxes, provocatrice et respectueuse des sensibilités.

L'urgence de sa vie c'était ça, ce que Bastien ne comprenait pas et que Solenn avait quelquefois essayé d'endiguer. Affronter l'assoupissement de ses élèves, ne plus enfouir leurs exaspérations et répondre aux parents se réveillant seulement au cliquetis des évaluations et moyennes. Elle ne craignait plus les inspecteurs qui venaient rarement lui rendre visite, exigeant qu'on fît le programme, qu'on le bouclât. Mais les branches du savoir bien définies, émondées pour les fragiles gazouillis adolescents, oubliaient les racines. Ces dernières proliféraient dans le terreau de la Vie, dans ce miracle foisonnant, à l'imagination infinie, aux créations multiples. La Vie était rarement assise dans les salles de classe et les élèves-troncs devaient être des fourmilières où des millions de pattes impatientes arpentaient un chemin qui basculait entre le cerveau, l'appétit de comprendre et l'attente de la récréation. Elle se souvenait que la récréation, désignait à l'origine, le rétablissement, le réconfort. Décidément, elle était du domaine des racines !

Magalie avait apporté un grand sac de vie dans la classe même s'il s'était révélé un peu nauséabond. Elle venait de démontrer - malgré elle - que les humains avaient grand intérêt à se mettre à l'école des chouettes chevêches ou des effraies qui savaient gérer leurs ordures.

***

S.V.T. : Sciences de la vie et de la terre et... de la survie de l'humanité, aurait-elle voulu ajouter. En début d'année, elle avait distribué à chacun de ses élèves ce texte lumineux du chef indien Seattle. Le gouvernement américain apportait la civilisation dans les terres sauvages de l'ouest et lui proposait d'acheter un million d'hectares contre l'octroi d'une réserve. Le chef du peuple des Duwamish ne comprit pas leur demande. Quelle idée saugrenue ? Il ne possédait rien, comment pouvait-il vendre ce qu'il ne possédait pas : le ciel, la chaleur de la terre, ses frères, ses sœurs, les fleurs, le gibier, les chevaux et les aigles ?

Quand elle avait acheté sa maison, elle était devenue propriétaire d'arbres centenaires qui ne lui demandaient rien. Elle en avait l' usufruit, c'est ce qu'elle avait convenu avec eux. Elle possédait une portion de la rivière de Saint-Jean qui avait creusé une vallée profonde, il y avait dix mille ans, et un sol pauvre travaillé par des centaines de générations pour une maigre récolte de seigle ou de blé noir. Était-elle devenue propriétaire de renards, de blaireaux, de millions de lombrics et de tous les passereaux et insectes qui n'avaient sans doute pas été prévenus du changement ? Quant aux sangliers...

Elle regrettait que le discours du chef Seattle ne fût pas prononcé par un de ses ancêtres du Moyen Âge. Les terres vaines et les communaux étaient rares, les seigneurs possédaient les droits sur la forêt et sur les hommes, la terre était à leur service et sous leur domination. Ces seigneurs qui redoutaient les déguerpissements, la fuite des habitants accablés de redevances. Six siècles plus tard, Seattle rejoignait le Cantique des Créatures de François d'Assise. Mais le chef indien était à la mode, pas le Poverello, d'ailleurs le célèbre discours de Seattle avait été écrit par un Américain blanc.

Lors de la vente de ses frères et sœurs, les animaux et végétaux, le chef des Duwamish émit une condition : l'homme blanc devra traiter les bêtes de cette terre comme ses frères. Ce qui fut fait promptement, déjà il traitait ses frères africains, colonisés ou en voie de l'être, comme des bêtes. L'inverse était imaginable et ne posait pas de difficulté !

L'homme blanc avait un grand appétit et ne craignait pas d'amasser ses poubelles. Elle pensa avec un sourire qui illumina son visage « Merci à notre sœur la chouette ». Magalie, toujours à l'affût, revendiqua pour elle-même, une telle illumination.

Elle n'avait pas acheté le ciel au-dessus de son terrain, et les rapaces qui le crayonnaient en d'ascendantes volutes ne lui appartenaient pas plus.

« Madame ! » Jérémie avait trouvé dans une pelote un fragment de bague, il devait s'agir de celle d'un passereau qui avait fait un long voyage avant de finir dans les serres et le bec d'un moyen-duc. S'apitoyer sur un pauvre petit oiseau victime du méchant rapace, il fallait délivrer ses petites têtes blondes, aux cheveux majoritairement bruns, de trop de sentiments parasites. Un oiseau qui avait passé la frontière sans encombre était venu manger les graines et insectes de ses cousins français et le ciel n'en était pas rétréci.

Elle revint à ses pensées. Les élèves classaient, triaient, déterminaient l'origine des petits squelettes.

Elle repensait au chef Seattle : l'unité du genre humain,la merveilleuse et surprenante unité du vivant.

Le texte distribué aux élèves avait suscité, chez quelques parents, une lettre au principal du collège, lui demandant : « de veiller à ce que les enseignants respectent une stricte laïcité et ne profitent, sous couvert d'un cours de sciences de la vie et de la terre, pour imposer leurs convictions politiques, écologistes ou religieuses ».

Un « sauvage » du XIXe siècle affirmant que la terre n'appartenait pas à l'homme, mais l'homme à la terre, était capable de propager le trouble chez ses contemporains et chez un chef d'établissement, attentif aux parents. Elle avait été priée de veiller à ne pas dépasser à l'avenir les « limites raisonnables de sa discipline et ne pas susciter des provocations inutiles ». Merci chef Seattle qui avait ajouté : « Mais peut-être est-ce parce que je suis un sauvage et ne comprends pas ».

Si tous les cow-boys de la classe avaient compris et devenaient des chefs indiens ! L'incident de la poubelle suscité par une squaw affirmait l'émergence d'une tribu de jeunes femmes guerrières qui n'avaient pas besoin de se brûler l'hémisphère gauche du cerveau ou le sein pour atteindre leur cible.

L'épisode de Magalie aurait des répercussions. Elle devait s'attendre à une nouvelle convocation du principal du collège : les mesures d'hygiène, l'intimité des familles, le désordre occasionné par une pédagogie fort contestable. Elle penserait au cerveau administratif qui avait choisi une telle dénomination : principal !

-6-

Dans sa boîte aux lettres, comme d'habitude, le journal Ouest-France déposé par Edwige après lecture rapide. Sa voisine ne regardait que la nécrologie et les faits divers : accidents, incendies, incivilités, vols, cambriolages. Elle avait entouré le drame de la disparition de Bourberouge.

Les faits divers ! Dorothée ne les lisait jamais. L'homme disparu, y lisait-on, était un représentant d'une gamme de produits de beauté bien connue *PerlEm*. Cette jeune pousse devenue une entreprise avec de nombreuses filiales à l'étranger, avait su communiquer sur une image de la nature, les huiles essentielles et le refus des pesticides et des perturbateurs endocriniens qui imprégnaient les tissus de tous les vivants de la planète. Elle était présentée comme un modèle d'entreprise respectueuse de l'environnement et de la biodiversité. Le journal rappelait que nombre de photographies de leur catalogue et de leur site avaient été prises à la *Fieffe au Songeur*, là où elle habitait.

Un nouveau coup de poignard dans le cœur. C'étaient les grands yeux de Solenn, son sourire, c'était sa mort qu'elle lisait.

Son suicide, au siège social de son entreprise ! Son assasinat affirmait Bastien !

L'effondrement d'un triangle d'amour-amitié ! Le garçon trop sensible qui se sentait si bien avec les deux filles, sa sœur et elle, Dorothée.

Elle se souvint brutalement de l'injonction angoissée de Solenn avant sa mort :

- Jurez-moi de ne plus utiliser des *Perles d'Émeraude.*

Jamais ! Plus jamais !

Le lendemain, une de ses amies téléphonait effondrée, Solenn s'était défenestrée.

Dix ans, dix ans déjà, et tout était redevenu à vif, comme si les blessures d'amitié pouvaient guérir, qu'on pouvait en être consolé, demeurer seul au milieu d'un chemin qui tout à coup ne conduisait nulle part, une vie qui n'avait plus de chemin. Et cette culpabilité pendant des semaines à partager avec Bastien. Les amies ou les frères, c'était pour voir plus profond que les autres, voir avant les autres, voir et entendre ce qui ne se voit pas et qui ne s'entend pas.

Elle ne voulait pas repenser au journal que Solenn tenait chaque jour, qu'ensemble ils avaient lu, relu, à s'user les yeux, à s'arracher la gorge de rage, de révolte. Et voilà ce commercial qui faisait irruption, ravivait, bien malgré lui, ou peut-être volontairement, une braise ardente qu'il ne pouvait imaginer.

Une histoire qui bégaie, un type de cette détestable société disparu ici.

ICI

Un hasard.

Le hasard. Non ce n'était pas possible.

Dans les petites villes tout le monde se connaît, ou tout au moins, chacun essaie de rattacher les inconnus à la trame du tissu bien serré des relations sociales. Beaucoup d'enseignants nommés au lycée-collège résidaient ailleurs, ils préféraient s'installer sur la côte ou vivre dans les deux grandes villes voisines. Peu y faisaient leur carrière, originaires d'autres régions, et notamment de Bretagne, ils y retournaient, demeurant des étrangers sauf pour les parents de leurs élèves et de ceux qui voulaient tout savoir sur tout. Ils ignoraient la longue histoire des générations et les conflits dont on avait souvent oublié l'origine mais dont on conservait encore les rancœurs. Cela leur donnait plus de liberté.

Dorothée n'avait pas fait ce choix. Elle connaissait la vie de ses élèves et adaptait ses exigences ou sa sévérité aux adolescents quelquefois malmenés déjà dans leur brève existence. Son attention extrême aux petits riens de la vie de la forêt lui avait affûté les sens, et permit de repérer dans ses classes un sourire trop triste, une agitation malencontreuse, une indifférence prolongée, une colère persistante ou l'acceptation pour toujours d'être des moutons qu'on tond.

Dorothée terminait d'ultimes copies.

Le téléphone ! Elle s'attendait à cet appel.

En ville on disait que la femme du disparu logeait à l'hôtel-restaurant *Le Corot*.

- Mon mari voulait vous voir absolument, pouvons-nous nous rencontrer ?

Au bar de l'hôtel à 18 heures ?

Dorothée ne pouvait s'y soustraire et désirait cette rencontre, d'autant que les deux femmes voulaient comprendre ce qui avait pu arriver.

- Pas au *Corot* !

Dorothée proposa le café *Au rendez-vous du pèlerin* au Mont-Saint-Michel, un lieu où elles seraient anonymes dans le flot des touristes.

La flamboyante Dorothée était facile à reconnaître et la femme qui vint l'accoster la surprit. Une femme sophistiquée au parfum musqué, elle ne portait pas les notes fraîches des produits *PerlEm*. Son mari n'avait sans doute pas réussi à la convaincre de la qualité de ce qu'il vendait à longueur de semaines.

Elle se présenta rapidement, Madame Jeanne Gérard. Dorothée fut surprise par le Madame. Son maquillage avait difficilement atténué les effets de son angoisse et de son attente infructueuse.

Elle s'exprima avec une voix qui ne lui ressemblait pas, une voix cristalline, mais si peu audible qu'elle se laissa déborder par une table de Japonais dégustant des crêpes à peine chaudes et du cidre qui devait l'être un peu plus.

- Je ne voulais pas que mon mari fasse ce voyage ! Il est venu pour vous avant tout et vendre à l'occasion ses eaux de toilette et ses produits de beauté. Depuis des semaines, il ne dormait plus, accablé de cauchemars. C'est un homme scrupuleux, charmeur mais trop droit ! Il voulait quitter sa société après votre rencontre. Il espérait être soulagé, c'est le mot qu'il a employé à de nombreuses reprises.

Dorothée ne comprenait rien, mais ne posa pas

de question. Il fallait lui laisser le temps de parler.

Elle poursuivit. Au fur et à mesure de ses confidences, sa voix devenait plus assurée, plus grave, elle avait commencé en regardant vaguement sa tasse de café qu'elle n'avait pas touchée, maintenant elle faisait un effort pour accrocher le regard de Dorothée.

- Malgré nos discussions, mon mari avait perdu toute estime de soi. « Je suis un lâche » répétait-il, depuis quelques jours. Je parle de lui au passé, j'ai peur qu'il se soit donné la mort, il était très perturbé ces temps-ci. Il avait noté dans ses rendez-vous, la date anniversaire de la mort d'une de ses collègues, Solenn..., c'était bien votre amie ?

Dorothée acquiesça et s'efforça de contrôler la rougeur qui apparut sur son visage. Peine perdue. Elle essaya un sourire triste.

- Sa collègue, votre amie a été victime d'un harcèlement moral en règle. Des missions inadéquates, des collaborateurs essentiels enlevés de son service ou menacés, des objectifs impossibles à atteindre et, pour finir, la mise au placard, des jours à ne rien faire ou faire semblant. Elle disait qu'elle était devenue championne de mots fléchés. Elle, si brillante affirmait mon mari. Il la connaissait bien, l'appréciait. Peut-être a-t-il manqué de courage, il ne l'a pas aidée, il redoutait des représailles pour son plan de carrière. Je ne l'encourageais pas à se faire remarquer et puis, nous avions un emprunt important !

Personne n'a compris la mort de sa collègue. Elle ne semblait pas affectée par le sort qu'on lui réservait au sein de la société.

En fait mon mari était un des seuls à savoir.

Votre amie avait refusé les avances de son N+2, effleurements, les mains baladeuses, nous les femmes nous connaissons toutes cela. Solenn l'avait giflé, pourquoi n'est-elle pas partie alors ? Pourquoi n'a-t-elle pas porté plainte ? La honte ou son attachement trop grand à la société dont elle avait assuré le succès. Mais à l'époque, on se taisait.

Voilà dix ans. C'était devenu intenable pour mon mari. Trop tard sans doute, mais il voulait se délivrer de sa lâcheté, affirmait-il.

Personne n'a parlé. Tous ont déploré la mort de leur collègue et... poursuivi leur travail.

***

Madame Gérard regrettait-elle le manque de courage de son mari ou sa volonté d'effacer le poids énorme de sa culpabilité ?

Qu'imaginait-il ? Se confier à la meilleure amie de sa collègue ? Retenir des circonstances atténuantes ? En obtenir une compréhension ? Se délivrer ? Repartir avec un pardon ?

- Il avait payé sa note d'hôtel et pensait revenir pour le week-end.

Dorothée ne sut quoi dire, les questions qu'elle pensait avoir, s'étaient évaporées.

Solenn victime de la prédation d'un homme, l'éternelle attitude des mâles qui déshabillent les femmes, les croient soumises et à leur disposition, ces hommes qui peuvent les humilier par un seul regard, n'imaginant pas encore qu'une femme puisse leur être égale ou supérieure. Le sexe d'abord, les compétences ensuite. Ces hommes qui gardaient fermement le pouvoir sur les choses et les êtres.

Et Solenn qui ne lui avait rien dit.

Sa culpabilité renaissait, à nouveau coupable de ne rien avoir vu venir, surprise et humiliée que son amie-jumelle ne lui ait rien demandé, n'ait pas appelé au secours.

Devant un harceleur, y avait-il un secours possible hormis la fuite ?

Imaginer Solenn victime, paralysée, dans une toile dont elle n'avait pas voulu ou pu sortir. Son bon droit, la pusillanimité de ses collègues, la légèreté, la monstruosité des hommes, les jalousies des autres femmes, face à celle plus vive, plus brillante, plus jolie. Les petites vengeances souterraines qu'on n'exprime pas et qui font du bien.

Le mari de cette femme qui n'en pouvait plus de ce fardeau, Dorothée aurait-elle goûté à ce courage tardif ?

Elle avait dû lui serrer la main lors de l'enterrement.

Pas de regard ?

Il y avait dix ans.

Des centaines de personnes dans le silence le plus total et cette cloche qui tintait régulièrement, au rythme d'un métronome impassible, la cloche qui appesantissait ce silence, le rendait trop lourd. Jamais elle n'avait imaginé qu'une cloche pût faire baisser les yeux. Le son des cloches s'élançait d'habitude dans le ciel, suspendant un instant les activités, une pause dans la folie des hommes, un temps d'arrêt au-dessus de leur grouillement, leurs occupations, leur frénésie. Cette cloche enfouissait l'amour et semblait mettre un point final à ce qui avait été donné et reçu.

Qu'avait-il éprouvé en saluant la famille et ses proches ce monsieur Gérard ? Sa couardise, sa veulerie ou le nombre d'annuités qui restaient pour son crédit ?

Elle pensa à son suicide ou à sa disparition volontaire. Sa femme ne faisait que raconter que ce qu'il avait pu lui dire.

Ce week-end « plantes carnivores » avait été fatal à leur rencontre, l'urgence de parler, de se confier avait été moindre que son désir de mourir ou de disparaître aux yeux de tous.

Que devenait Jeanne Gérard, épouse d'un évaporé, pas d'enterrement, ni de séparation, seulement un brouillard épais ?

Les deux femmes se séparèrent entre les confidences incomplètes de l'une, et la sidération de l'autre. Dorothée imagina ce monsieur Gérard réapparaissant un jour, aux antipodes, reniant tous les parfums du monde ou bien son corps, expulsé par la forêt après une lente digestion.

Mais tout cela ne tenait pas debout, on ne se suicide pas avant une rencontre qui pouvait lui être une délivrance ! Il ne pouvait pas disparaître comme ça sans avoir arraché quelques épines à sa conscience troublée.

Seule possibilité, un accident ; les traces se perdaient aux abords de *sa forêt tropicale* et au-delà du chemin, la rivière animée par des cascatelles et des tourbillons, avait creusé des entonnoirs dans lesquels déjà, deux jeunes garçons s'étaient noyés. Deux de ses élèves.

Les recherches n'avaient rien donné.

De retour chez elle, Dorothée ne sut que faire, contacter Bastien, ne pas le contacter. Elle pensa à aller voir une amie du collège, profe de lettres à qui elle pouvait se confier. Veuve depuis cinq ans, la quarantaine, elle était une providence, le bon sens et la sagesse incarnés, un être de lumière vers lequel Dorothée aimait se tourner.

L'équation qui la taraudait : elle et Solenn, Solenn et cet homme.

-7-

Pierre était arrivé au collège l'année précédente, sa vocation d'enseignant était loin d'être assurée. Il n'avait pas choisi ce métier et pensait sans doute l'abandonner. Il était là comme vacataire en mathématiques, une espèce mutante de prof qui avait un immense avantage, elle n'était pas titulaire et pouvait recevoir son congé en fonction des ondulations démographiques des établissements scolaires ou de l'absence de leurs professeurs. Le rectorat essayait d'entretenir un vivier de remplaçants disponibles rapidement. Dans certaines matières, la pénurie se faisait sentir dangereusement et les parents de plus en plus attentifs à la réussite de leurs enfants, créaient des collectifs efficaces, égratignant les discours et la satisfaction des ministères.

Géologue de formation, il avait perdu son emploi à la suite de la mise en liquidation de son entreprise, victime de fonds de pensions américains cherchant et obtenant contre dégraissage, un profit à deux chiffres.

Le bocage normand ? Il ne connaissait pas, originaire de la région d'Albi, il avait suivi sa femme médecin qui avait accepté de pratiquer dans ce désert médical. La région leur était apparue jolie mais loin de Caen ou de Rennes. Une vie culturelle active mais éloignée de ce qu'ils espéraient. Il y avait néanmoins le calme de la campagne, la proximité relative de la mer. Luminita, sa femme d'origine roumaine, avait été accueillie comme le sauveur. Des jeunes femmes redonnaient vie à ces terres ignorées des autoroutes et des voies de chemin de fer. Une infirmière d'origine espagnole avait été recrutée. À vingt kilomètres de là, une autre Roumaine était une dentiste débordée et choyée dans la crainte qu'elle ne fasse promptement ses valises, d'autant qu'elle était célibataire. Quelques commères aidées en sous-main par des élus discrets, recherchaient des solutions locales à son célibat.

Deux médecins qui espéraient prendre leur retraite étaient allés voir Luminita :

- As-tu des copines médecins qui pourraient envisager de venir ? On leur offre notre patientèle et pour le matériel médical, on s'arrangera.

Mais pas de Roumaines à l'horizon.

Un médecin syrien était resté six mois au centre hospitalier voisin, mais il avait rejoint sa famille en Allemagne.

Il fallait accepter une organisation de la pénurie face aux besoins croissants de la population vieillissante.

Des retraités, qui pensaient finir leurs jours là où ils avaient toujours vécu, s'étaient installés sur la côte, quand l'argent ne leur avait pas trop manqué.

Pierre et Luminita avaient accepté cependant ce défi de vivre ici, n'ayant pas encore d'enfant.

Très vite Pierre avait remarqué Dorothée, on l'avait appelée par son prénom et il en aimait les sonorités, et puis sa chevelure qui encadrait de beaux yeux verts. Elle l'avait accueilli, attirée par sa formation de géologue, une autre passion qui était restée en veille depuis ses études universitaires mais qui avait repris force, en habitant à la *Fieffe au songeur.*

Il avait eu les honneurs de ses secrets, des sites de fossiles oubliés ou inaccessibles et qu'il ne fallait pas divulguer pour éviter une destruction et la revente lucrative de superbes trilobites.

Muni d'une serpe, il coupait des ronces et, avant son travail de récupération des fossiles, il avait fait une abondante cueillette de mûres, ce serait pour Dorothée.

Les schistes à calymènes étaient profondément altérés, ils se délitaient et les crustacés marins qu'ils contenaient, étaient dans un piteux état. Heureusement la chance était avec lui, il réussit à dégager un petit spécimen fort bien conservé et un beaucoup plus grand mais brisé. Cela suffisait. Avant de partir, il trouva un magnifique nodule qui pouvait en contenir un, mais il résolut de ne pas le briser pour en garder le mystère.

Il avait prévenu sa collègue qu'il passerait peut-être.

- Je serai dans les parages, chez moi ou dans la forêt.

Il n'était jamais allé chez elle.

Il l'aperçut allant à sa rencontre, elle avait un bouquet de fleurs dans les bras, il crut voir un tableau de Monet ou de Marie Laurencin, il hésita et fit un effort pour voir dans cette apparition sa collègue de S.V.T.

Elle examina sa récolte. Il avait pris ce qui était nécessaire. La collection du collège avait en partie disparu ou était peu exploitable. Dorothée pensa à tous ces êtres fossilisés, ces anciennes vies enfouies et exhumées quatre cents millions d'années après leur mort. Rien ne disparaissait, le temps durcissait, solidifiait, pétrifiait et conservait pour l'éternité.

Un bref instant, elle se pensa engluée dans de la résine, prisonnière de l'ambre ; le mouvement de la vie pour toujours. Elle imagina ses cheveux, leur couleur dans une transparence dorée, son corps préservé des milliers d'années dans une attitude qu'elle souhaitait dynamique. Elle n'avait jamais escompté laisser de traces ; une fois morte, elle survivrait seulement dans la pensée de ses amis et alimenterait un moment, l'humus pour les petits animaux de la terre.

Pierre allait repartir. Elle l'avait un peu oublié.

- Viens, je vais te faire les honneurs de mon jardin.

Il savait que c'était la coutume encore dans la région de faire visiter son courtil, un courtil que Bastien avait su protéger des lapins et des chevreuils par ses trouvailles à lui. Légumes et fleurs cohabitaient, mais ce qu'il vit le décontenança. Rien de ce qu'il avait autour de lui n'existait ou tout au moins n'existait dans ses mots et ses connaissances à lui.

Dorothée avait créé un espace légumier qui chaque année s'agrandissait. Les longues marches et son jardin étaient l'exutoire des moments de tension accumulés, *administration* de plus en plus administrative, programmes à boucler, élèves que l'école n'arrivait plus à retenir même dans sa petite ville de la campagne, le rêve d'Alphonse Allais réalisé, rêve devenu triste et exsangue, trop éloigné des scintillements de la ville.

Lors d'un stage à New-York, elle avait participé à la mise en place d'un jardin communautaire dans un quartier à la population bigarrée. Elle se souviendrait toujours des sourires nés du travail en commun et surtout des premières récoltes. L'humanité devenue artificielle, redécouvrait une nature, des racines et s'en réjouissait. Plus tard, elle avait fait une demande écrite au recteur de l'Académie pour qu'on puisse mettre à la disposition de chaque établissement scolaire un lopin de terre pour ré-humaniser les élèves et les enseignants. La réponse sans doute acheminée par un pigeon voyageur farfelu ne lui était pas encore parvenue.

Une nuée de papillons s'envola brusquement sous une rafale, c'étaient seulement des pétales d'une plante qu'il ne put distinguer. Pierre eut un moment de confusion, insectes, fleurs, la nature était devenue maîtresse dans l'art de la méprise.

Ce qu'il découvrait était fort éloigné de ses expériences horticoles, pas de clôture mais une longue file de buissons bas qui exhalaient un faible parfum indéfinissable, il ne remarqua pas de fleurs, c'étaient sans doute les feuilles lancéolées qui avaient cette discrète odeur. Dorothée l'observait en coin et s'amusait de son embarras à nommer. Elle l'entraîna au cœur de son domaine. Il découvrit une végétation profuse associant des plantes à parfums, ou tout au moins ce qu'il crut être l'odeur de la noix de coco, de la vanille, du jasmin et plus loin des plantes au feuillage sombre presque noir qui exhalaient au toucher, une franche odeur de putois.

- Tout ça ! C'est quoi ce jardin - il hésita sur le mot - ... extra-extraordinaire ? Son courtil ne ressemblait à aucun autre, ses voisins mettaient leur point d'honneur à éradiquer toutes les « mauvaises herbes », Dorothée transigeait et laissait leur chance sous surveillance à quelques graines sauvages.

Elle avait abandonné l'idée qu'il se plierait à ses désirs et à un souci d'organisation. Elle ne transigeait pas cependant sur la protection de ses semis, pour le reste il y avait cohabitation plus ou moins respectueuse entre les sauvages, les vagabondes et les civilisées. Les domestiquées, plus fragiles mais dépendantes et si bien adaptées aux besoins de l'humanité depuis des millénaires demandaient plus de soins, mais c'était le prix à payer. Les abords sous surveillance, étaient laissés aux friches comme réserve à insectes et « autres nuisibles ».

Et puis, il y avait les variétés de Bastien. Le jardin était toujours en mouvement et s'était adapté aux livraisons de son ami.

Pierre redoubla dans son étonnement.

Elle ménagea son effet. Les buissons bas étaient une barrière olfactive, une clôture anti-sangliers. L'odeur des feuilles coriaces à peine perceptible pour un odorat humain, se révélait d'une efficacité extrême pour faire fuir n'importe quelle harde de cochons sauvages, même la plus affamée.

Elle lui parla alors de Bastien qui avait créé une start-up, en l'occurence une jeune pousse spécialisée en phyto-génétique. La manipulation des gènes était devenue chose courante et Dorothée avait accepté d'héberger plusieurs de ses pensionnaires en vue d'expériences à condition de ne pas contaminer les abords de la forêt.

Les travaux sur les odeurs qu'il poursuivait permettait d'éviter des kilomètres de clôtures, elle allait ajouter, mais se retint, ses plantes pouvaient influencer aussi certains comportements humains. Elles étaient brevetées mais pas encore commercialisées dans la région ; quant aux végétaux sombres à l'odeur nauséabonde, c'était un répulsif puissant pour tout être humain, non muni d'un masque, qui avait le malheur de les froisser.

Bastien et la société qu'il dirigeait avait déjà déposé des brevets négociés dans plusieurs pays, un coup d'accélérateur dans la poursuite de ses recherches. Ce qu'elle ne dit pas c'est que son jardin était encore plus extraordinaire, en contrebas il y avait les serres de l'ancien château. Au XIXe siècle, le maître de forge y faisait cultiver des plants d'ananas, la chaleur était produite par le haut fourneau détruit depuis plus de cent ans maintenant.

Ce qui poussait dans les serres, ce serait pour une autre fois.

- À demain, Dorothée.

- Pierre, je t'ai fait un privilège. En revenant ici il y a dix ans, j'ai compris que mon jardin n'était pas fréquentable. Si mal entretenu, je ne peux entrer dans la catégorie des jardiniers sérieux.

- Merci pour ce privilège ! et il lui baisa la main avec ostentation, en espérant qu'il n'y aurait jamais l'abolition des privilèges.

Il ne voulut pas s'attarder. Il avait remarqué, en la quittant, une certaine absence ou une contrariété dont il ne comprenait pas la cause.

En redescendant le chemin, il pensa à la remarque d'un collègue

« J'aimerais bien l'avoir dans mon lit, celle-là ».

Il en avait été choqué. Sans doute les hommes et les femmes du collège étaient sensibles au charme de Dorothée, mais il avait reconnu en elle..., il pensa au mot soleil, mais un soleil blessé.

Pourquoi cette idée lui vint-elle à l'esprit ? Cette femme, avait un caractère enjoué et volubile. Ses collègues qui la connaissaient bien ne semblaient pas partager une telle impression. Elle était d'humeur égale, qui pouvait soupçonner une quelconque blessure ?

Ce n'est pas dans son lit qu'il la souhaitait, mais espérait construire avec elle une belle amitié.

Il pensait lui faire rencontrer Luminita, sa complice de cœur disait-il.

Une question le taraudait depuis qu'il la connaissait, et chaque fois il regrettait de ne pas lui poser.

Pourquoi vis-tu ici ?

Trop calme ! Un désert vert, un paradis chlorophyllien où devait pousser en abondance l'ennui.

C'est dans les grandes villes que tout se passait, sa vivacité aurait participé et ajouté à cette ardeur.

Tant d'activités manquaient ici.

Les imprécateurs de la ville et de son rythme effréné ne venaient même pas dans le bocage pour justifier leur fonds de commerce !

Pourquoi ton choix de vie ? Il aurait été indiscret

de lui demander, mais la bienveillance peut-elle être indiscrète ?

Il chercha pour lui-même des réponses à sa question retenue.

Son paysage à elle, Dorothée.

Il essaya d'entrer dans son regard, être ses yeux verts par lesquels ce panorama sur le bocage façonnait son esprit. Des kilomètres et des kilomètres de haies complantées, enserraient des champs et des prairies épousant intimement les ondulations des collines en plans successifs. On devinait des ruisseaux qui se continuaient dans la vallée de la Sélune. Ce petit fleuve se jetait, le mot n'était pas juste, il ne se jetait pas mais poursuivait ses méandres dans la baie du Mont-Saint-Michel constamment remaniés par la marée. On lui avait dit que dix-huit clochers étaient visibles, il en distingua une douzaine qui pointaient vers le ciel des prières désormais muettes. Plusieurs hameaux mouchetaient le paysage de reflets anthracites d'ardoises ou de tuiles orange dans un pelage vert et brun. C'était le genre de paysage qui accrochait les légendes. Il en avait lu quelques-unes, il pensa lui en faire raconter, car les légendes ne devraient pas se lire.

Il y avait peu d'échappées dans ce paysage, les seules clairières s'élargissaient dans le ciel, des trouées de bleu dans des montagnes mouvantes de cumulus et de cumulo-nimbus que le vent de mer commençait à malmener.

Il se souvenait l'avoir entendue dire qu'elle était demeurée un rat des champs, les rats des villes courant trop vite pour elle et tous les règlements auxquels ils obéissaient, leur devenaient des colliers, des chaînes de plus en plus courtes. Ici, les coqs avaient le droit de chanter et ne risquaient aucun avertissement pour tapage nocturne. Elle s'était déshabituée de la ville, ses amis lui faisaient remarquer qu'elle devenait marginale, que la vraie vie était dans les métropoles grouillantes, imaginatives, qui ne dormaient jamais la nuit, créaient et magnifiaient les œuvres d'art de Koons, les transgressions fades, les provocations insipides.

Comment vivre en restant en place, chaque jour ?

Les vieux arbres de la forêt de Dorothée dispensaient leur leçon silencieuse que nul n'entendait. Un étonnant if qui avait plus de quatre cents ans avait sans doute de longues histoires à raconter, il se targuait d'être l'arbre des morts mais nourrissait les oiseaux.

Pierre détourna son regard du bocage qui s'étendait vers le sud jusqu'à de hautes collines boisées. Un paysage millénaire qui avait dû connaître les chevauchées de Robert de Mortain, le demi-frère de Guillaume le Conquérant, le passage de Saint Louis en pèlerinage au Mont-Saint-Michel ou les embuscades des Chouans, très actifs dans le pays.

Derrière lui, il y avait la forêt, un espace fermé, sans horizon.

Est-ce cela qui la retenait, où elle s'enfouissait ?

Dorothée, une femme lumineuse, une femme des bois !

Avait-il été abusé par son prénom qui lui plaisait, cette force vitale, son abondante chevelure, un charme indéniable qui était plus que la beauté ?

Voulait-il vraiment savoir pourquoi elle vivait ici ?

Peut-être pensait-il plutôt se rassurer sur leur choix, Luminita et lui, de s'installer dans ce bocage aux portes de la Bretagne.

Vers le nord, un haut rocher de grès armoricain surplombait le chemin. De là-haut, on devait dominer toute la région et pour y arriver, il fallait gravir un chaos de blocs aux arêtes coupantes. Lors de ses pérégrinations dans le monde entier, il avait rencontré chemin plus difficile. Arrivé au sommet, il eut un choc, c'était un morceau de Guyane qu'il découvrait, une région où il avait travaillé pour des recherches pétrolières. Devant lui, les ondulations de la forêt, une mer verte aux vagues figées, une Amazonie fraîche, aux flamboyants automnes, dépourvue de jaguars, d'anacondas, seuls sans doute des renards, de longues couleuvres, des vipères aspic, des sangliers et des chevreuils sans prédateurs. Une forêt ne refusant pas l'homme, ce n'était pas une ennemie, elle pouvait être apaisante, elle était apaisante. C'est peut-être cela qui retenait Dorothée. Il eut un temps le sentiment qu'il violait son intimité, il n'aurait pas dû chercher à savoir ce qu'elle pouvait vivre ici.

Sur son chemin de retour, il rencontra un étrange personnage aux allures de gentleman, accroupi au bord d'un taillis. Il crut un moment qu'il satisfaisait un besoin naturel, ce qui devait être sans doute très agréable dans cette solitude.

- Hello !

L'accent anglais ! De nombreux Britanniques vivaient dans la région ; on les rencontrait dans les supermarchés au rayon spiritueux ou à celui du bricolage. Grâce à eux la désertification avait reculé et nombre de propriétaires d'anciennes maisons de ferme avaient profité de vendre pour un bon prix ce qui ne se vendait plus.

- Venez, regardez !

Il avait pris une motte de terre, des insectes y grouillaient et un lombric essayait de s'extraire de ce dérangement. Pierre s'accroupit à son invitation.

Tous les deux repliés sur cette motte dans une position ambiguë les fit éclater de rire.

La présentation se fit au ras des plus hautes herbes, je m'appelle Bartholomew Morton mais c'est Bart pour tout le monde et vous ?

- Pierre Sentis, géologue, mon prénom sans doute un destin.

- Je vous ai vu avec Dorothée, je suis son chevalier servant, mais pas encore adoubé, c'est une femme chaleureuse mais secrète. Il faillit poursuivre et se tut.

Pierre prit lui aussi une motte de terre et pensa à son ancien métier. Il avait constaté partout dans le monde la fragilité de la petite pellicule des sols sur les roches, une petite peau qui nourrissait les plantes et les hommes. Une petite peau arrachée et partant en lambeaux avec le vent, les pluies, à cause d'une humanité oublieuse ou ignorante.

Bart fit remarquer qu'en anglais humus a la même origine que humility, en français c'était le même mot.

Tous les deux agenouillés maintenant.

Quelle belle famille de mots : se rapprocher de la terre, c'était s'humilier. Il aurait fallu les voir auscultant les strates des saisons, des filaments de mycélium, des insectes en voie de décomposition, ou dérangés dans leur occupation de dévoration, l'ordinaire ordonnancement de la vie qui dure.

Tous les deux savaient que le sol des forêts ne s'appauvrissait pas. Il résistait au vent, au ravinement, avec sa couverture de feuilles et son maillage de racines.

- Dorothée m'a dit un jour, mi-sérieuse, mi-ironique que le pape décidera dans un futur proche de béatifier toutes les forêts du monde - sauf celles de palmiers à huile - pour leur abnégation, leur altruisme et leur calme, leur étonnante paix qui désensauvage l'humanité. Pour devenir saint, il faut au moins deux miracles attestés, elles en ont des milliers à faire valoir.

La motte de terre exhalait peu à peu ses parfums dans les mains rudes de Bart.

- Respirez, Pierre, respirez ces odeurs, c'est comme vos fossiles un langage séculaire que des centaines de générations ont déchiffré ici, celle de la pluie, des feuilles décomposées, la mémoire du printemps et de l'été, celle des fleurs, des fruits, du pourrissement qui refait de la vie, l'odeur des bêtes, de leurs cadavres, des hêtres, des chênes, des fougères, une odeur anthracite, la couleur des saisons passées, des années présentes, enfouies, l'avidité lente des arbres qui alimente à trente mètres du sol leurs petits poumons, leurs milliers de feuilles.

La précision de son vocabulaire et le charme de sa prononciation. Quel charme, quel personnage ce Bart ! Il se disait autodidacte et ne devait pas avoir assez de doigts pour énumérer ses métiers successifs et sans doute pas assez de phalanges.

Il murmura

- Il y a dans cette forêt des couleurs dormantes.

Les parfums semblaient représenter pour lui un nuancier de couleurs infinies.

Pierre fut surpris d'un tel rapprochement. Sa culture scientifique avait trop souvent tari une sensibilité que Luminita réveillait en lui depuis qu'ils s'étaient installés dans le bocage. Il l'aimait aussi pour ça.

- Venez à la maison, je peins, les couleurs sont violentes ici. Quand un grain se prépare, elles se réveillent. La nature est provocante alors je réponds à la provocation.

- As-tu remarqué ? Il n'y a pas de mauvais goût dans cette forêt.

Il passait alternativement du vouvoiement au tutoiement, peut-être de manière consciente pour surprendre son interlocuteur.

Pierre ne pensait pas en ces termes mais l'idée lui plut.

- Dans cet enchevêtrement de ronces, de fougères, de jeunes chênes et dans ces taillis, tout semble évident, les formes, les teintes, les odeurs. Ne pensez-vous pas, Pierre, que l'humanité est la seule espèce à avoir introduit des dissonances, une cacophonie, une disharmonie dans le monde ?

Il y a tant de mots qui ne disent pas la nature et que les hommes ont introduits.

La vie, la mort, il n'y a pas de mauvais goût dans la prolifération et la disparition des êtres. En forêt, tout est à sa place ; aucune laideur, ni de fausse note.

C'était ce genre de paysage où il aurait été extravagant de ne pas poser un chevalet, les chicots de grès, la forêt, les landes, les centaines de kilomètres de haies du bocage, et la lumière océanique d'une Normandie un peu rude avaient inspiré Courbet et avant lui, Corot. Le jour où Corot avait séjourné dans le château de Bourberouge, les arbres avaient frissonné, l'air était devenu plus vaporeux et la lumière plus discrète pour ressembler au peintre. On disait ce paysage pittoresque et tout était dit. Un peintre n'avait rien à faire, seulement devenir un humble serviteur. En ordre, les teintes et les volumes dans une perfection absolue, la tenue parfaite de ce qui nous émeut.

***

Bart s'arrêta tout à coup, il avoua, et cela semblait l'affecter.

- J'ai essayé de m'approcher de la baie du Mont-Saint-Michel, la saisir, en être familier, la tutoyer même. J'y allais les jours d'orage, aux grandes marées, à toutes les saisons et quand rarement, il y avait de la neige.

J'ai échoué.

***

Le tutoiement de la baie a dû passer douloureusement au vouvoiement pensa Pierre.

- Les ciels, la mer, les sables mouillés et cette pyramide de l'archange, cela me rendait fou, je n'y arrivais pas. Mes yeux ne sont pas faits pour l'immensité de la mer, et pourtant je l'ai connue quand je travaillais sur les bateaux. Dans la forêt, il faut du temps, des pas et des chemins pour comprendre son étendue et quand du sommet d'un rocher on la voit presque entière, elle nous laisse du temps pour l'imaginer et s'y replonger.

Je suis comme Dorothée, je ne suis pas fait pour affronter l'horizon.

***

Sur le coup, Pierre vit comme une critique à l'encontre de sa collègue. Elle était loin de l'étroitesse d'esprit qu'il avait pu discerner avec surprise chez certains collègues, au contraire, son regard et ses propos avaient toujours une grande ampleur et une originalité quelquefois dérangeante, mais Bart poursuivait :

- Le sous-bois, les collines, l'enchevêtrement des haies, les chemins creux préservés, on ne sait comment, tout semble borné. J'ai changé de regard, j'y ai vu une invitation à une observation minutieuse, l'attention au minuscule, à l'exceptionnel d'un lézard sous les feuilles, l'éclair d'une belette, un gland qui tombe du haut d'un chêne, la banalité de la vie, la course d'un escargot rejoignant la fraîcheur de la mousse, ou une libellule gobée par une grenouille, là j'arrive à suivre ! Je ne suis pas le seul peintre ici, il y en a autant que de ramasseurs de champignons - entre nous certains sont hallucinogènes - mais ces peintres souvent ne savent pas voir, ils peignent ce qu'ils savent. S'ils ouvraient les yeux, ils verraient des verts violents, des ombres tranchantes, des nuages monstrueux, des jaunes, des ocres, des ciels agressifs, c'est du Gauguin ici ! Les aquarellistes que je rencontre ont des verts, des bruns pâles, des couleurs émoussées et leur soleil est en plaqué or. Ignorent-ils que tout peut devenir excessif ? De nombreux artistes ont croqué tous les recoins, les chaos de rochers, les cascades, la brume sur les haies, les chemins creux échappés au remembrement et ils n'ont encore rien exprimé. Leur nuancier des verts est trop étroit, quant aux nuages qui viennent de la mer, ils sont une provocation à redécouvrir l'infini des gris et des noirs profonds.

***

Bart s'emportait, le flegme britannique devait fonctionner par intermittence.

Un rai de lumière vint éclairer leur chemin. Il y avait des milliers de poussières, de moucherons ; l'air dévoilé était peuplé de myriades de vies qu'ils respiraient et filtraient. Un nuage éteignit ce dévoilement puis ralluma le vol des moucherons.

- Quand je peins, j'arrive à retenir le temps pour croquer tout ça.

Il parlait beaucoup, Pierre était plutôt taciturne, sans doute l'habitude de travailler en silence.

- Je ne sais pas trop dire ce qu'est la beauté, mais je sais qui je serais si je ne la fréquentais pas tous les jours, les arbres, les prairies, la lumière après une averse, Do...

Il s'interrompit, puis reprit presque aussitôt.

- J'aimerais inviter ici un aréopage de philosophes devisant longuement sur l'essence du beau, je leur dirais : regardez et taisez-vous !

Peut-être à bientôt dans mon atelier, je suis libre demain, Dorothée m'a demandé de ne pas me promener dans la forêt. Elle me surprend en ce moment. Peut-être fait-elle son enquête au sujet du disparu. Elle semble en être très affectée, au-delà du raisonnable, d'autant qu'elle ne le connaissait pas. C'est une femme, comment dire ?... Il s'arrêta, peut-être ne trouvait-il pas le mot précis en français, ou voulait-il ne pas trop se confier sur cette femme qu'il semblait affectionner ?

Il retint Pierre par l'épaule.

- Avant, j'étais chasseur et plus d'une fois, j'ai apporté des quartiers de chevreuil à Dorothée. Je n'étais pas un viandard, ni un tueur et j'ai toujours respecté la dépouille d'un animal, mais un jour, elle me lança un regard de désapprobation, maintenant, je promène mon fusil et mon épagneul dans la forêt.

-8-

Dorothée était soulagée du départ de Pierre. Elle se promit de le voir dans d'autres conditions.

Le lendemain, était le jour anniversaire de la mort de Solenn.

Elle avait résolu de faire un pèlerinage, c'est le mot auquel elle pensa. Ce devait être une marche sacrée vers certains lieux de la forêt qu'elle s'interdisait encore depuis qu'elle avait acheté la maison ici.

Elle avait contacté Bastien.

Il avait répondu tardivement, le travail le retenait. Bien sûr, il pensait à sa sœur. Voilà déjà dix ans, rien ne pouvait recouvrir cette béance mais il fallait vivre et travailler.

Il fallait vivre, mais elle lui en avait voulu.

Solenn ne valait-elle pas une petite parenthèse dans sa vie professionnelle. Elle avait failli ajouter que son couple à lui était dans une petite parenthèse et qu'il devait se préparer à une future séparation.

Elle irait toute seule.

Après ses cours, elle avait décidé de relire des

passages du journal de Solenn qu'elle conservait.

Qu'elle n'avait plus ouvert depuis dix ans.

Bastien avait accepté qu'elle le garde, il en avait seulement une copie.

Elle allait sacraliser ce jour anniversaire, ouvrir un livre saint, accomplir une marche ponctuée de stations où elle s'arrêterait en silence et, elle l'espérait, reconnaître les signes fugitifs d'une ancienne présence.

Ce journal, elle le connaissait par cœur, ses ratures, ses ajouts, l'évolution de son écriture au fil des mois, la confiance qu'elle avait su établir dans l'entreprise, ses compétences, sa créativité, sa contribution au développement de sa société, son enthousiasme d'avoir trouvé un travail qui l'augmentait, qui la rendait si heureuse.

Son journal c'était son œuvre à elle ! Elle en soignait la calligraphie et accordait une couleur à chaque sujet. L'amitié avait la couleur verte, son travail le rouge, celui de la passion et des multiples urgences, le bleu c'était pour le plaisir des sens, les mets partagés avec amis et collègues et des analyses subtiles sur ce qu'elle ressentait, des phrases sensuelles, voluptueuses sur les parfums, les senteurs qui lui transportaient l'âme. Était souligné ce qu'elle voulait partager de son journal, souvent c'était pour elle Dorothée, ou plus rarement pour Bastien. Dans une couleur noire mais ce n'était pas une couleur, les soucis matériels à résoudre avec des remarques sur sa façon de les appréhender et des résolutions pour ressentir moins de contrariété. Quelques mois avant sa mort, un stylo noir avait remplacé sa calligraphie multicolore.

Plus tard Dorothée et Bastien découvriraient que plusieurs semaines avant son geste fatal, le journal était devenu muet. Elle-même ne téléphonait plus que brièvement, devenue impénétrable, elle disait de ne pas se faire de soucis et retardait toujours sa visite dans le mas de Baixas où Dorothée s'était installée avec son compagnon, elle aimait tant y séjourner. Toutes les deux s'étaient éprises de la garrigue, de ses senteurs et de la folie des cigales.

Ses quelques messages disaient : « Tout va bien, beaucoup de travail ! ».

Plus tard, dans son journal, cette phrase encadrée qu'elle avait recopié « Quand je serai morte, dites au doux Royaume de la Terre combien je l'aimais ». C'était une citation d'un auteur qu'elle ne nommait pas.

Ses derniers mots écrits.

Dix ans. Dorothée avait pris de la vie de Solenn tout ce qu'elle avait pu. Dans tout son être, il y avait elle et ce que Solenn avait fait d'elle. Rien de sa vie ne pouvait être trahi. L'amie, la sœur était devenue un aliment assimilé, transformé en sa propre substance, son viatique pour la traversée de toute une vie.

Un soir, le vertige de s'en être alimentée, s'en être repue, la prit violemment quand l'ombre devait être trop sombre ou que sa fatigue embrumait son cerveau et son cœur. Elle perçut cette assimilation comme une monstruosité cannibale. Alors, elle s'était efforcée de distinguer, de mettre bien à part les multiples saveurs, les émotions, la tendresse, l'intelligence du temps de la vie passée de Solenn.

Garder Solenn intacte !

Qui aurait pu croire qu'aucune symbiose ne

s'était produite ? Vain et fou de croire qu'il était possible de créer une gémellité post-mortem. Mettre de côté, différencier tous les bonheurs de son amie et dans ces circonstances favorables, faire la nique au temps et à la mort.

Garder Solenn intacte !

C'était fou et vain.

Appuyer sur le bouton du temps, l'arrêter, le restituer inchangé, c'était son don ou sa malédiction, qu'elle n'avait jamais réussi à partager avec Solenn. Elles avaient découvert l'intransmissible entre deux êtres et cela avait accru leur tendresse réciproque.

Elle n'en parlait jamais. Le passé revenait quand elle l'appelait, avec toute la force et la précision du présent, de l'immédiat. Elle avait admis que ceux à qui elle s'était confiée ne saisissaient pas ce qu'elle disait, ce qu'elle vivait. Ils étaient bien différents ou c'est elle qui... Une faveur que la vie lui avait faite, une folie susceptible d'être dangereuse.

Après dix ans, la souffrance, les cauchemars et la nostalgie avaient disparu. Subsistaient seulement un plein présent, reçu et gardé précieusement, le souci d'être à la hauteur de la vie de Solenn, à la hauteur de la lumière où elle espérait qu'elle baignât.

Aujourd'hui, le passé réveillé allait dérouler la grande tapisserie de ses apprentissages et de sa passion.

Elle savait que sa faculté, découverte avec les années, ne faillirait pas. Elle enviait quelquefois les autres qui ne possédaient pas ce don. Une étrange hypermnésie en quelque sorte, qu'elle avait réussi à discipliner, à en contrôler les portes d'accès. D'une certaine manière, elle était une voyante infaillible dont la boule de cristal ne reflétait que le passé, l'extrême précision du passé. Pour certains, les souvenirs étaient des bulles qui crevaient à la surface d'un étang selon les circonstances, ou un crible construit par le cerveau pour se défaire des événements malheureux ; pour elle, le passé était là à tout jamais, à sa demande et ne triait rien.

L'enfance revint. Elle la tenait constamment à disposition pour déshabiller la superbe d'adultes trop satisfaits d'eux-mêmes.

Elle avait dévoré la revue *La Hulotte*, pas seulement lue dans tous les terriers, mais aussi dans sa chambre, une lecture avidement partagée par le trio. Son créateur, Pierre Déom, avait alimenté leur imagination et donné un itinéraire à leurs escapades dans les prairies, le long des ruisseaux et dans la forêt. *La Hulotte* les accompagnait toujours dans la petite grotte qu'ils avaient aménagée entre deux grands blocs de grès, devenue un abri sous roche, agrémenté d'une moquette et d'un cercle de grosses pierres : le foyer central de leur petite famille.

Les deux filles, suivies plus tard par Bastien s'étaient passionnées par ce qu'elles ne crurent pas possible, une aberration de la nature, un ratage, une erreur de scénario ou de casting : les plantes carnivores. C'était comme dans les contes qui font peur, les lianes qui étouffent, des pieuvres végétales les poursuivant de leurs huit bras jusque dans leur grotte.

La nature dans le désordre ! Chacun à sa place ! Les végétaux dévorés par les insectes et les herbivores, les herbivores dévorés par les carnivores, et tout ce monde-là, dévoré par l'omnivore suprême, l'Homme !

Des carnassières, ces plantes aux atours attirants ? Un végétal dépravé, dénaturé, non voulu par un créateur qui avait su mettre de l'ordre dans le foisonnement du vivant. Une créature diabolique, un vampire de grand jour. Au sommet de leur colline, la bande des trois avait découvert sur le sol acide de la *Lande pourrie* - la bien nommée - une petite plante, se contentant de peu, guère prétentieuse, secrète, et... séductrice. La tourbière qui l'abritait était bien pauvre en nourriture. Le ciel devait venir au secours de ce sol stérile. À quelques centaines de mètres de leur grotte, une colonie entière de droséras se développait, pleine de discrétion et d'efficacité. Ils avaient un autre joli nom : rossolis « la rosée du soleil ».

Très vite, elles avaient adopté comme totem le droséra, imaginé être du genre féminin, mais il se lézarda par une remarque devenue incisive de Bastien. Les plantes sont perfides, elles tendent des pièges, elles promettent par leur grâce, leur légèreté. Le pauvre insecte qui vient se nourrir est dévoré. La beauté de leurs pièges est comme celle des femmes qui dévorent les pauvres amoureux. Solenn et Dorothée étaient particulièrement jolies et Bastien venait de connaître son premier chagrin d'amour. Elles abandonnèrent sur le champ leur assimilation à un droséra dont l'éclat conduit à la mort. Le garçon les avait ensevelies sous tous les poncifs concernant les femmes, depuis les roses et leurs épines, le fruit défendu d'Ève et autres bêtises misogynes. Elles en avaient ri puis s'étaient fâchées tout rouge.

Elles découvrirent plus tard que le droséra était bien du genre masculin.

La règle du genre des fleurs avait-t-elle quelque consistance ? Le muguet, le myosotis, le rhododendron, le coquelicot, le dahlia, le nénuphar : la liste était longue. Avaient-ils ensemble des caractéristiques mâles, par la force de leur développement, la vigueur de leurs racines, la violence de leurs couleurs ? Les roses, les aubépines, étaient-elles alors féminines par la présence de leurs épines, de leurs griffes, de leurs défenses?

C'étaient leurs longues discussions qui s'apparentaient à celles sur le sexe des anges, sujet inépuisable de certains docteurs en théologie, fort heureusement disparus. D'ailleurs, ils n'étaient pas certains qu'il n'en demeurât quelques survivants intégristes. Mais du sexe des fleurs ? Voilà un sujet évident, puisqu'elles ne parlent que de cela les fleurs, elles sont des sexes exhibés, que les époques pudibondes ou moralisatrices ne semblent pas avoir perçues. Les autels des églises, les jardins des cloîtres, les hymnes et les psaumes magnifiaient des sexes, des appels pressants de couleurs et de parfums pour multiplier la vie et la rendre désirable. L'archange Gabriel offrit des lys à Marie. Offrir une fleur à une Vierge, pas d'ambiguïté, mais ici c'est de pureté dont il s'agissait, de glorification de la virginité, du blanc, de l'immaculé, de l'inaltéré, du propre, de l'intact, de l'aérien, la blancheur absolue ; ce qui mettait les filles hors d'elles, sous le regard amusé ou interrogatif de Bastien.

Cela ne regardait pas les hommes. Le corps des femmes était le même avant et après la première fois, avec ou sans hymen, à moins que les hommes n'apportent l'impureté chez les femmes !

L'après-midi était lumineux, de cette lumière vive d'octobre augmentée par des cumulus gonflés d'humidité venant de la mer distante de trente kilomètres.

Première station.

Ne pas rencontrer de promeneur, de cueilleur de champignons ou de chasseur.

Être seule avec un présent d'anniversaire.

Cet arbre, un hêtre, sur lequel elles avaient gravé un cœur et à l'intérieur l'initiale de leur deux prénoms D. S.

Bastien y avait ajouté en dessous son prénom en entier. Il était aux pieds de ses déesses à lui.

Pas de hêtre. Avait-il été abattu et transformé depuis longtemps en bois de chauffage ou en sabots pour les touristes ? Elle se souvenait d'une petite sente, envahie sans doute par des broussailles et des taillis.

Elle ne le retrouva pas.

Elle en fut affectée. Elle savait bien que la forêt, de moins en moins exploitée, avait repris une vigueur nouvelle, et s'émancipait des besoins insatiables des hommes.

Sa journée allait-elle s'effondrer par cet arbre qu'elle cherchait en vain ?

Ce fut pendant longtemps leur professeur.

Dorothée avait été une impatiente, incapable d'accorder au présent une quelconque attention. Elle avait tant d'impatience ! Toujours ailleurs, elle quittait tous les instants de sa vie et se précipitait au bout du chemin pour voir s'il continuait. Elle ne voyait rien et anticipait toujours.

Peu de place pour le présent !

Il avait suffi d'un arbre. Un hêtre immobile, un

vivant qui ne se déplaçait pas, et supportait de vivre au même endroit pendant des siècles. Il se contentait de quelques centaines de mètres carrés dans une vie, et ne se détournait pas de sa nature. Sans doute avait-il l'impatience de grandir, de gravir toujours plus haut le ciel au-dessus de sa tête, mais il se retenait, profitait des moments d'extase quand des milliers de litres de sève irriguaient son corps, atteignaient ses extrémités. Il n'était pas possédé par l'euphorie dévastatrice des Hommes, rien ne lui montait à la tête, et son cimier épanoui n'assombrissait pas le monde.

Dorothée croyait sentir ses frissonnements, et il lui faisait croire que c'était un souffle de vent qui l'agitait.

Solenn revint.

C'est elle qui avait calmé ses révoltes et montré la petite porte du présent. Avec elle, le présent était un présent, un cadeau, l'offrande de chacune au temps passé ensemble. Solenn avait émoussé en elle sa recherche constante des moments intenses, de ce sentiment de vide hors de la passion et des feux violents. Ses moments intenses refusèrent longtemps ce qu'elle éprouvait comme la fadeur du quotidien. Son amie lui offrait autre chose, des sens aiguisés pour reconnaître les mille saveurs des heures et le piment des minutes.

Dorothée fut souvent une mauvaise élève, par mimétisme et au prix d'efforts qu'elle vivait surhumains, elle croyait avoir réussi à goûter peu à peu ce qui ne presse pas, ce qui ne bouscule pas.

Elle retrouvait maintenant ses chemins qu'elle avait tracés ou contribués à tracer, en suivant les sentes des bêtes de la forêt. Elle marchait dans son enfance, dans leur enfance, et c'est à partir de là, qu'elles avaient pu goûter le monde, vivre l'accord de la terre et de leurs pieds, leur fierté d'être enracinées pour raconter les vents qui passent et les hommes qui refusent d'être des fétus de paille.

Cette communauté avec les arbres, leur ancrage si profond, c'était leur histoire, elles et leur forêt. Un univers secret où elles découvraient leurs sens, l'usage de tous leurs sens.

Parfois Bastien se mettait en retrait ou se moquait des deux filles et de ces longs moments où elles se faisaient des tresses, se peignaient, se couronnaient de feuilles ou de fleurs, c'était pour elles un plaisir voluptueux, sans ombre, un plaisir qui se continua jusqu'à l'adolescence et se poursuivit longtemps. Elles étaient tactiles toutes les deux et leur corps exprimait si bien leur amitié.

Elles s'inventaient une langue et des mots à elles, dont fut exclu peu à peu le garçon.

L'enjouement c'était toutes les deux se tenir heureuses joue contre joue. Envolement, plus fort que l'envol. C'était aussi avec Bastien, quand ils fermaient les yeux, il n'y avait pas que leur corps qui quittait leur rocher observatoire... leurs rêves s'élevaient avec eux. Les oiseaux ne pouvaient les atteindre, tous les trois avaient la prétention des roitelets.

Le pèlerinage des dix ans devenait une marche dans l'enfance et dans l'adolescence, le territoire des vacances préservées des parents.

Solenn se réveillait simplement, n'étant jamais partie, attendant le passage de Dorothée comme une fleur prête à s'ouvrir de nouveau. C'était un temps qu'on met dans la marge, sans lignes, sans réglures. On pouvait y revenir, en ouvrant une porte avec précaution pour que rien ne s'évanouisse.

- Je me suis éloignée, cherche-moi. Mais je suis en toi.

Le vertige.

Elle le reconnut et n'avait pas osé l'espérer. C'était un moment qu'elle appellerait plus tard le « lieu lumineux ». Un moment qui était un lieu. Elle eut l'impression d'un sceau impérieux marquant le temps redevenu malléable.

Les voilà toutes les deux, mêlées à la même terre, devenues Adamah, la glaise qui avait construit le premier homme.

Elles étaient cette terre, avec ses fragilités, sa grâce dans le silence du cri des oiseaux.

Un craquement dans les buissons tout près.

Le disparu !

Il était hagard et... suppliant. Il se mit à genoux semblant demander le pardon. Seul son regard parlait, accompagné de gestes lents, sa bouche entrouverte ne laissait passer aucune parole.

Ce craquement qui l'avait surprise.

Un trouble profond.

Le présent revenu un temps, ses sens affolés, chavirés.

Un éblouissement ?

C'était Globule, elle croyait l'avoir enfermé. Elle en fut contrariée, le chat n'était pas invité dans son voyage.

Le soleil encore haut dans le ciel.

Elle s'était préparée à ce voyage et essuyé dix années de ses yeux pour un regard redevenu neuf. Elle avait accepté ce jeu dangereux où le passé convoqué, arrive tout entier.

Repenser aux autres stations !

Ne pas abandonner en route!

Deuxième station : la grotte.

Elle la retrouva facilement. Le chemin était régulièrement fréquenté par le groupe mammalogique normand qui effectuait les comptages d'une colonie de chauves-souris, des grands murins mis à mal par la disparition des insectes.

Elle n'y était pas retournée depuis bien longtemps. Des éboulis en avaient obstrué en partie l'entrée.

De rares morceaux de moquette révélaient encore la présence ancienne du trio. L'humidité et tous les insectes dévoreurs n'étaient pas venus à bout de leur aménagement de grand luxe. Tout ce qu'ils avaient vécu, loin et en dehors des adultes, s'était conservé et lui envahit l'esprit. Ses yeux avaient réchauffé une préparation exhalant à nouveau ses parfums et ses images. Cela devenait fort et si délicieusement triste. Les yeux de Solenn et son rire étaient là, inchangés, elle les respira.

Le trio y avait passé une nuit, sans prévenir les parents qui s'étaient fait un sang d'encre jusqu'à leur retour.

Leur disparition avait accru leur plaisir.

Ils avaient peu dormi, surpris par toute la vie qui continuait malgré l'obscurité, grâce à l'obscurité. Ainsi rien ne s'arrêtait, ils ne connaissaient jusqu'à présent que des nuits paisibles et douces. Combien de petits mammifères avaient été dévorés ? Oiseaux et carnassiers, becs, griffes, crocs ne se reposaient pas !

Et cette frayeur quand une troupe de sangliers vint fourrager tout près de leur grotte !

Tout était encore là.

Elle sortit précipitamment. Une arête coupante de grès lui heurta le front, l'épaisseur de ses cheveux amortit le choc ; son sang accentua un temps la rousseur de sa chevelure. La hauteur de leur abri lui rappela que les grottes ne grandissent pas avec les enfants.

À nouveau, ce qu'elle avait tenté d'oublier, ce qu'elle avait presque oublié et voulait ressusciter en ce jour, c'était ce paysage-là, celui qu'elles regardaient ensemble, sans mots à se dire. Solenn était là, à l'entrée de la mine où elles étaient descendues, elle était là, dans les ronces à s'égratigner les jambes et à cueillir des mûres qui coloraient délicieusement ses lèvres, tachaient l'extrémité de ses doigts. Elle était là, allongée avec elle, un brin d'herbe dans la bouche, chacune mordillant une extrémité au point où leurs lèvres se touchaient, en gardant un temps pour saisir leur silence. Elle était là, sur les bords de l'étang à surprendre les ébats amoureux des grenouilles, les fêtes érotiques des demoiselles, ou à rêver à des plaisirs qu'on ne sait pas nommer.

Le soir où le trio découvrit le cadavre d'un blaireau, sans doute empoisonné, il ignorait la présence d'un tel animal si grand et si beau dans leur forêt. Les deux filles gravèrent sur le tronc d'un tremble qui le dominait cet étrange commandement du Décalogue : tu ne tueras point ! Une injonction à lire par tous les animaux de la forêt. Quant aux Hommes, ils étaient avec les chats, les loups et quelques espèces, les seuls qui exterminaient en dehors d'un souci alimentaire. Les cannibales, les anthropophages pouvaient être justifiés, eux au moins, ritualisaient leurs agapes. Plus tard, Jean de La Fontaine avait rassemblé le trio devant l'arbre gravé, les renards sur la terre et les rapaces dans le ciel trouvaient tous les arguments pour s'en exclure, suivis par beaucoup et en dernier, les hommes arrivés sur les lieux avec leur fusil. Seuls les herbes, les arbustes et les grands arbres avaient accueilli en silence ce merveilleux commandement. Eux, ils ne tuaient pas et n'étaient que don.

Tu ne tueras point ! Dorothée n'avait pas osé le dire à son chat, heureuse de la mort des souris et autres surmulots, ni aux oiseaux qui se gavaient de chenilles, d'insectes ou de moucherons, les transformant en ailes et en chants.

Cet après-midi, elle avait tous les âges, et reprenait la vie dans le désordre. Tantôt petite fille, tantôt adolescente, tantôt jeune femme, elle passait d'un état à l'autre dans la continuité de sa vision.

À la mort de Solenn, à l'impossible nouvelle, elle avait connu le privilège qu'on accordait aux femmes. Elle avait pleuré comme ce n'était pas possible. Bastien s'était mordu les lèvres, luttant pour que son jaillissement de peine s'arrête au bord de ses yeux. Le don des larmes ! Les femmes l'avaient reçu et pendant des millénaires, les hommes eux aussi avaient vérifié que la vie offerte, méritait de nombreux sanglots et des pleurs qui attisaient leur autorité et souvent leur violence. Bastien n'avait pas pu s'abandonner à la source surabondante de sa peine, de leur extrême souffrance à eux tous, un garçon ne pleure pas et encore moins un homme.

Entrait-il encore en lui-même ? Ses combats, son

entreprise l'occupaient trop. Il ne devait plus trop savoir qui il était. Après l'enterrement de Solenn, ils avaient découvert dans son appartement son journal personnel qu'ils avaient lu ensemble, qu'il avait numérisé. Il avait repris son travail avec encore plus d'énergie, et même plus d'arrogance. D'un commun accord, ils n'avaient jamais commémoré la date de la mort de Solenn, seulement celle de sa naissance, quand la vie merveilleuse l'avait accueillie. Avec les années, chacun devait penser seul aux nombreuses fées autour de son berceau qui s'étaient montrées si généreuses, si empressées, si prodigues.

Fallait-il une troisième station pour se faire douloureusement du bien, pour que Solenn soit à nouveau et à jamais présente ?

Qu'elle existe pour toujours ?

La tourbière...

Oui, la tourbière et sa colonie de droséras.

Il fallait être attentive pour les découvrir ; dans la discrétion, on ne fait guère mieux. Leurs petites feuilles rondes dépassaient à peine un centimètre de diamètre, pas de quoi avertir de manière intempestive du danger encouru.

Elles avaient lu ensemble - Bastien lisait de moins en moins à cette époque-là - un ouvrage offert par les parents de Solenn *Le pays sous l'écorce* de Jacques Lacarrière. Les poètes osaient aller au-delà des microscopes et apportaient aux scientifiques une nouvelle fraternité du vivant. Elles aussi étaient entrées sous les écorces des arbres et dans la gueule grande ouverte d'une plante carnivore.

Elles s'étaient imaginées tour à tour insectes ou droséras, « Rosée du soleil » ou « Oreille du diable ». Comment leurs yeux à facettes ne succomberaient-ils pas à une fraîche rosée scintillant au soleil, réfractée par les rayons lumineux ? Refuser une telle invite, une proposition de repas, des battements de cils perlés de gouttelettes, aussi appuyés, des petites rosettes insistantes. Le jeu de la séduction de minuscules poêles à frire, de microscopiques lutins préparant une raclette de pattes de fourmis. Elles, insectes ne résisteraient pas à ce nectar, à cette liqueur, à cette beauté de miel qu'elles n'imaginent pas mortelles. Leurs yeux anticipent un repas divin. Elles se posent sur l'oreille du diable. Le diable est discret, il ne se fait pas remarquer, son piège est dans la beauté et dans la promesse. Il propose des filaments de désir, des tentacules tentateurs. Elles vont se poser, elles hésitent, trop tard. Les tentacules rubescents leur offrent une goutte de miel. Le ballet tranquille des bras souples et fins, leur rend l'hommage de la mort, s'incline, les nappant d'un liquide épais. Elles se débattent contre leur imprudence. Elles sont dans cet œil qui se ferme, dans un poing solidement enclos. La danse lente cesse bientôt, elles ne peuvent s'envoler. La feuille est repliée maintenant, les sucs digestifs les assimilent doucement comme un boa pendant une longue sieste. Le droséra absorbe leur corps, elles se transforment en azote. Le sol trop pauvre a besoin de cette nourriture venue du ciel.

Le droséra a lui aussi ses pelotes de réjection, il faut attendre quelques jours et le tombeau s'ouvre laissant au vent leur carapace, l'indigeste chitine qu'un petit souffle d'air fera disparaître.

Pas de cadavre, pas d'assassin !

Un vertige.

Que va-t-elle imaginer ?

Le disparu qui revient.

Dorothée se déchausse maintenant et marche délicieusement dans les sphaignes gorgées d'eau. La même sensation retrouvée quand le trio observait, pendant des heures, le piège et la dévoration d'un insecte.

Elle était maintenant une femme accroupie devant ces minuscules rossolis qui assuraient leur survie par la prébende de petits moucherons.

Leur passion commune présente à nouveau dans une nature, qui ne connaît pas l'insolite puisqu'elle avait tout imaginé, tout tenté.

Redoutable, si petit, si faible. Les plantes n'étaient pas toutes condamnées à être dévorées. Qui s'en souciait ? Le rossolis, la dionée et bien d'autres renversaient un ordre que tous appelaient naturel. Étrangement, c'est de ce jour-là qu'elles pouvaient dater leurs sentiments féministes. Les deux filles découvraient comme une revanche.

En classe, elles avaient fomenté une petite mutinerie contre le professeur de français. Quel était ce poète imbécile qui, le premier, avait comparé une femme à une fleur, fallait-il en avoir plusieurs pour en faire un bouquet, ou la couper et la transformer en ornement qui bientôt s'étiolerait dans un vase ? Elles n'osaient pas encore y voir, au contraire, une invitation à tous les désirs pour que la vie perdure et se répande. L'avantage des fleurs était qu'elles semblaient ne rien dire, ni imaginaient se révolter. Ronsard était entré par effraction professorale dans les têtes des garçons, et les filles de la classe en étaient flattées. Chacun devenait poète à bon compte. Les filles heureuses d'être des ornements de plus à la beauté du monde ; l'existence de leur âme n'était plus mise en question et leur esprit était devenu moins malléable, ne restait que leur physique, toujours propre, net et respirant l'éternelle jeunesse des cosmétiques.

Il n'y eut pas de quatrième station, c'est toute la forêt qui s'emparait d'elle maintenant. Elle avait passé depuis dix ans une main douce sur le temps, une paume apaisante qui avait absorbé Solenn. Le cœur gravé avait probablement disparu, tempête ou abattage. Elle choisit de penser que le hêtre était encore vivant. Elle ne l'aurait peut-être pas reconnu, et c'était bien ainsi.

Curieusement, elle ne ressentait aucune nostalgie ; la toute présence du passé était là, réveillée à sa demande, sans transition.

Elle décida de rentrer. Dix ans devait être le point lumineux à partir duquel il n'y avait plus rien de triste, seuls la richesse et le don précieux de son amitié.

Si le grain ne meurt... Il était mort, elle devait en accepter l'abondante moisson.

Elle l'acceptait.

Dans sa forêt silencieuse, elle perçut des bruissements inhabituels, des herbes foulées, des craquements de brindilles. En s'approchant, elle découvrit un groupe qui semblait suivre la houlette d'un maître, étrange berger, étrange troupeau. Elle resta à couvert, son instinct d'antique chasseresse sans doute. Une quinzaine de personnes était en pleine immersion, un bain de forêt. Les bains de mer étaient apparus au XIXe siècle, suivis par les bains de soleil où les corps se laissaient caresser par des rayons désormais dangereux. Chaque époque avait ses solutions pour rafistoler les hommes qui, allégrement, se détruisaient. L'océan, la lumière et maintenant les arbres étaient devenus thérapeutes. Dans tous les magazines un mot nouveau apparaissait *shinrin yoku*. Parfums, essences subtiles, calme, énergie, humilité, lenteur et force, les citadins prenaient d'assaut la paix des arbres. Exercices de respiration, enlacement de son arbre choisi, s'allonger sur la terre et découvrir une parenté.

Le maître à l'allure d'un gourou inspiré, évoquait la modestie des grands chênes, reliés à la terre vivante, pleinement enracinés. Il expliquait qu'ils n'avaient pas d'orgueil, savaient prendre force dans un monde souterrain qui ne se voit pas. Solides par leurs racines, ils recevaient et donnaient.

Elle vit un homme enlacer un jeune bouleau. Est-ce une marque d'abattage sur son tronc qui l'attira ? Cette nature vierge avec laquelle ils semblaient communier était œuvre humaine. Plantée, exploitée, tronçonnée, devenue moins rentable, la forêt s'émancipait peu à peu de la domination humaine, et prenait ses aises.

Ils la croyaient sauvage !

Même ici, l'esprit du temps avait pénétré et permettait une lucrative reconversion. Le propriétaire d'une parcelle avait loué des arbres contre argent bien sonnant pour en faire la sépulture des cendres de citadins perdus. Lieux de ressourcement et cimetières, une nouvelle religion arboricole avait trouvé ses lieux de culte.

Elle se retira, un craquement intempestif fit sursauter le groupe qui aperçut une longue chevelure rousse s'évanouissant dans les taillis.

Ses promenades solitaires dans la forêt étaient mises en concurrence avec cette pratique nouvelle où certains prenaient la forêt comme on prend la mer dans l'espoir d'un ailleurs qu'ils transportaient avec eux. Pendant que chacun était occupé en dehors de lui, on finissait par croire qu'une vie intérieure n'existait pas ou qu'on ne pouvait y accéder que par un coach, devenu par une promotion rapide et quelquefois inattendue, *maître de sagesse*.

Il fallait se ressourcer, retourner à sa source, mais qui pouvait encore atteindre une eau jaillissante, étanchant à jamais une soif oubliée ? Sources, racines, la confusion des mots. L'esprit du temps était dans la mobilité, comme les capitaux et les conteneurs, un non enracinement généralisé mais des frontières, des bornes, des murs s'édifiaient partout dans les têtes.

Dorothée avait choisi la meilleure part du monde, une géographie particulière qui raccourcissait la distance entre la terre, ses rêves et son être intime. Elle aurait pu évoquer parmi les arbres, des forces de vie toutes-puissantes et bienfaisantes. Il s'agissait seulement aujourd'hui de retrouver l'enfantine royauté.

Elle était doucement triste.

Cette journée qu'elle avait tant désirée et redoutée, devint paisible.

Nulle révolte. Elle demeurait fidèle, et jamais son amie ne mourrait une seconde fois par l'oubli. Rien ne passait et sa vie à elle était devenue comme un nouveau sol qui l'alimenterait à jamais.

Le temps avait rebroussé chemin, frais et dispos.

La mémoire intacte.

Un affreux macaque se révolta dans son cerveau. Sans doute une dernière salve avant la défaite.

Solenn et toi, vous n'avez pas d'enfants, qui conservera une petite étincelle, se souviendra de sa date de naissance, regardera les photos de ses sourires ? Et son journal ? Les enthousiasmes n'intéressent personne, et personne ne sait lire les silences.

Elle se souvenait maintenant des semaines, des mois qui avaient suivi la mort de son amie. Son refus d'être consolée, sa quête de consolation, sa recherche de tous les baumes, la prière, l'oubli, l'effort de l'oubli, le souvenir attendri de tous les moments joyeux, ou l'atroce souffrance de tous les moments joyeux. Il fallait maintenir chaque jour la plaie ouverte, rester fidèle à cette plaie, l'empêcher de guérir, regarder sans faillir sa purulence, l'alimenter par le refus du temps. La haine de toute parole bienveillante, mais hurler, creuser sa douleur au plus profond de son ventre, accepter hypocritement ou refuser les paroles affectueuses, les regards de tendresse, les mains serrées qui s'attardent, les longs embrassements sans de vaines paroles, trop vides, les mots convenus. S'accorder un sourire triste quand tout le corps veut hurler, fracasser des objets, insulter le ciel, en vouloir à tous les vivants, maudire la vie qui ne sait pas faire autre chose que se terminer par la mort, qui ne se soucie pas si le plein de jours est accompli, si la tâche est finie, si on est prêt pour le départ.

Notre sœur la mort est toujours pressée.

Dorothée chassa l'indécent macaque, il avait raison cependant. Les morts nous visitent, il faut le croire, ils nous enseignent, mais visitent-ils ceux qui ne les ont pas connus ? Après la mort de Bastien et de Dorothée et de ses parents, mourrait-elle définitivement ?

- Tu te souviens de notre devise : c'est maintenant ou jamais !

Ne te sauve pas du présent, tu es gourmande et personne ne repasse les plats.

Pourquoi toutes ces criailleries dans sa tête ?

Dix ans : elle avait tant progressé dans la domestication de ces impertinents et imaginait souvent les avoir mis dehors pour toujours. Le vide dans son cerveau à nouveau tapissé de blanc. Les lumières du monde pouvaient le remplir et réduire ses ombres.

Un séjour d'une semaine dans un monastère en attente d'une réponse, le vain espoir de revivifier la foi perdue de son adolescence ou crier à la face de tous ces culs bénis, aux paroles enrobées de miel que Dieu n'était pas amour, qu'il n'était pas le seigneur de justice, ne défendait pas la tendresse, ne comprenait pas les Hommes qui ne voulaient pas mourir à cette terre.

Fallait-il accepter un Dieu injuste ?

Pendant cette semaine-là, ses petits singes avaient attendu à la porte.

Elle avait lu, ressassé ce texte de l'évangéliste Marc sans trouver d'issue.

Dorothée pourquoi pleures-tu ? Dieu n'a pas fait la mort !

Malka-Solenn est allongée, inerte, endormie.

Dorothée ne pleure pas, elle espère encore. Elle a pris la main de son amie, a crié au plus profond de son ventre : Talitha koumi « Jeune fille, lève-toi » Talitha koumi ; Talitha koumi, mais Solenn ne s'est pas levée.

C'est ce jour-là qu'elle ne pardonna pas à Dieu et le laissa mourir en elle.

On lui disait qu'elle ferait son deuil comme tout le monde, accepter que la souffrance s'amenuise, qu'elle laisse passer à nouveau des rayons de vie. Goûter à nouveau les splendeurs du printemps, les cris des enfants. Mais une fois le deuil accompli était-on quitte ? Quitte avec Solenn ?

On lui promettait moins de larmes, et un peu d'oubli.

La douleur émoussée, c'était vrai ; elle en avait voulu aux jours, aux mois qui ferment les cicatrices. C'était étrange et merveilleux, elle acceptait aujourd'hui notre beau serviteur le cœur, qui garde tout mais tempère, ajoute une coulée de douceur là d'où la lumière pourrait s'échapper, merveilleux cœur qui peut malgré le temps, battre pour une autre et lui garder son visage.

-9-

Bastien avait été irrité de l'invitation pressante de Dorothée pour partager le jour de l'anniversaire de la mort de sa sœur. Retourner ensemble dans la forêt, comme si on rebroussait le temps.

Leur enfance et adolescence communes étaient déjà lointaines. Ils étaient entrés dans leur vie d'adulte et Dorothée ne semblait vouloir rien couper de leurs jeunes années, ni renier les folies des rêves adolescents. Elle demeurait excessive, avec toute sa fougue, Solenn, la pondérée, avait à peine fait reculer ses impatiences, ses désirs d'absolu, ses exigences démesurées face aux êtres qu'elle rencontrait.

Dorothée était au point de reprocher à Bastien de ne pas avoir assez de peine de la disparition de sa grande sœur, même de l'oublier, alors que chaque jour il travaillait pour qu'elle ne soit pas morte pour rien.

Peut-on mourir pour rien d'ailleurs ?

Bastien décelait des fissures dans leur amitié, elle qui signait tous ses messages.

« Ton amie de toujours et pour toujours. »

Il conservait encore beaucoup de tendresse pour elle, mais découvrait que ce sentiment pouvait mourir. Le temps lui manquait pour entretenir cette relation qui devait ignorer le galop des jours et des années. Dorothée lui avait dit que les amitiés sont des feux qui meurent s'ils ne sont pas alimentés.

Leur trio était mort, Solenn en avait été la pointe et leur duo semblait s'éteindre maintenant.

Il ne voulait pas, ne pouvait pas protéger Dorothée de ses démons. Peut-être ne la connaissait-il plus.

Leur première grande dispute avait commencé à les désunir : son désir d'acheter une maison en bordure de « leur » forêt.

Il avait essayé de la dissuader. On ne retourne jamais dans le paradis de son enfance. Elle avait bataillé, il ne voulait pas qu'elle se fasse mal ou qu'elle s'englue dans ce qui était définitivement évanoui. Elle était revenue du midi de la France après une séparation douloureuse, en mal de racines, en mal de temps, en mal d'être. Accablée, rongée par tous les maux qu'on n'explique pas et qui rendent insomniaques, ou font les corps douloureux sans explication, ni raison apparente. Loin du bocage normand, elle avait fait tant d'efforts pour mettre un peu d'ordre dans le fil du temps, conjuguer dans un passé de plus en plus profond, de plus en plus lointain, un visage grave, des confidences, leur émerveillement qui semblait recouvrir toute la terre. Elle revenait pour retrouver son caractère enjoué, ses fous rires et ses silences. Il lui avait dit que l'enfance n'échappait pas à la toile émeri du temps, elle devenait lisse puis disparaissait, ne demeurant que sur des photos que beaucoup ne regardaient plus.

Il avait compris que rien n'était changé en elle, et craint pour son équilibre mental. Il la sentait habitée, hantée, même. Le passé n'était pas une défaite du temps, il était là, seulement endormi. Dans ses yeux brouillés, ses yeux verts qui l'avaient effrayé, tout était prêt à refaire mal, à ouvrir intégralement la blessure, sans rien oublier du moindre millimètre des lèvres patiemment refermées.

Une autre dispute, son choix d'enseigner en collège. Il y avait tant à faire dans la start-up qu'ils avaient créée tous les deux, une vraie jeune pousse consacrée à la bio-inspiration, spécialisée dans le domaine végétal. Son imagination vive était précieuse, lui, le pragmatique, au ras des pâquerettes disait-elle, mais il s'agissait bien de cela. Et puis, travailler ensemble, poursuivre leur ancienne complicité !

Ses compétences à elle réduites au carcan des programmes scolaires, la pression des parents, le faible appétit des élèves !

Elle ne pouvait que s'ennuyer avec le temps, si elle n'enrichissait pas sa vie ailleurs.

- Toi ! Tu inventes, tu fais, moi je transmettrai, lui avait-elle répondu.

Et c'est là qu'elle avait retrouvé son impatience et son désir d'absolu. Il ne comprenait plus sa préoccupation, son obsession même de l'urgence du monde, sa volonté inflexible d'être aux avant-postes de l'esprit critique, ne pas laisser les jeunes cerveaux devenir des éponges retenant tout ce que le Net pouvait déverser. Elle lui parlait de la jouissance qu'elle éprouvait - c'est ce mot qu'elle avait choisi - à reconnaître l'éveil des intelligences, leur entrée progressive dans la grande famille humaine. Elle avait hésité philo, biologie, biologie, philo. L'urgence était de rappeler que l'homme appartenait à la nature détricotée par tant de négligence et de cupidité.

Son choix avait été une deuxième lézarde.

Ils s'étaient accordés cependant sur leur passion commune et signé en pensée un contrat qui aurait pu conserver encore l'encre indélébile de leur amitié. Bastien voulait l'intéresser à ses recherches, espérant peut-être qu'elle abandonnerait l'enseignement et reviendrait à leur société dont elle gardait des parts. Pendant plusieurs années, il passa à *La Fieffe au Songeur* chargé de plants expérimentaux. Ses grandes serres accueillaient un nouveau paradis terrestre, avant le péché originel de l'humanité, des plantes bienfaitrices ou répulsives, mais utiles à un monde qui pouvait encore être sauvé. Il voulait partager avec elle l'excitation des découvertes qui se multipliaient et la contraindre - pensait-il - à garder la forme intellectuelle.

Accepter que Do soit professeure de collège, un gâchis !

Progressivement, ils étaient devenus habitants de deux planètes, en décalage horaire, en décalage de vie. Son temps à lui était précieux. Il travaillait encore alors qu'elle dormait, il travaillait encore quand elle laissait aller son esprit parmi les arbres jusqu'à leur frondaison, ou lorsqu'elle s'accordait des week-ends qu'il ne pouvait pas se permettre. Dorothée n'avait jamais compris le monde de l'entreprise où d'étranges cadrans faisaient gagner de l'argent à la milliseconde. Plus que jamais, le temps était de l'argent et elle le dépensait copieusement dans des associations où le but lucratif était exclu. Le théâtre, le cinéma, les randonnées à organiser, les sorties nature, les découvertes du patrimoine, ce qu'elle appelait le matrimoine qu'elle revendiquait face aux machistes qui ne désarmaient toujours pas et se croyaient encore les petits coqs d'une basse-cour disparue. Elle regrettait que des femmes de plus en plus nombreuses aient suivi ce monde des hommes et se soient converties à l'adoration de nouveaux lingots où heures, minutes, secondes valaient plus que toutes les vies humaines. Do l'agaçait, en lui rappelant que son temps à elle n'était pas précieux, elle savait comment l'utiliser pour que son cours ne monte pas trop à la bourse des valeurs.

Avec les années et malgré leur désaccord et leur incompréhension qui s'accentuaient, le jardin et les serres de Dorothée étaient devenus par la grâce de Bastien, un jardin extraordinaire et leur lieu de rencontre.

Il était bon, cependant, qu'elle ne sache pas tout, il y avait des secrets industriels et Dorothée était loin d'imaginer les contraintes d'un chef d'entreprise ; avec elle, l'entreprise la plus innovante aurait rapidement fait faillite, croyait-il.

Depuis son départ de leur jeune société, il avait eu la chance d'employer Laura Delneuve. Son charisme personnel faisait de lui un chasseur de têtes efficace et Laura avait succombé à ses arguments et à ses projets. Avec Dorothée, tout était différent, il y avait avec eux, et quelquefois contre eux, leur passé, leur amitié fusionnelle et la mort de Solenn. Elle devait l'accepter, leur trio était définitivement mort. Peu à peu, c'était devenu un duo où la place de Bastien s'était réduite, un monde de filles puis de femmes qu'il comprenait de moins en moins, dont il ne souhaitait pas être exclu. En définitive, Dorothée avait eu la bonne idée de partir.

Il avait fallu donner un nom à leur start-up. Quelle discussion ils avaient eue ! Dorothée décidément ne comprenait pas le monde d'aujourd'hui. Elle n'employait jamais le mot de start-up, celui de jeune pousse s'accordait si bien à leur projet. Elle voulait un nom français, un nom qui véhiculât des images positives de la France, la nature, la longue humanisation de son territoire par des paysans qui s'étaient adaptés à ses contraintes. Elle ne voulait pas comprendre que la langue qui fait vendre, celle qui ouvre les portes du commerce mondialisé, et qui massacre la planète, parlait un anglais bâtard. Elle avait capitulé et tout accepté. C'était devenu *Flower-Power-D*. Puis plus court *Flow-Pow-D*, puis le D avait disparu. Pourquoi D ? D pour Discovery. En fait D comme Dorothée, c'était l'époque où Bastien était devenu amoureux. Un sentiment qu'il cachait, que Solenn avait découvert par sa gêne, ses émois discrets. Les filles semblaient avoir un sixième sens pour ça. Dorothée avait-elle remarqué son trouble ? Il y avait des indices qui n'échappent jamais aux filles. Dorothée se faisait belle quand elle savait qu'il venait. C'est peut-être ce que Solenn croyait ou voulait lui faire croire. L'amie devenue une belle-sœur, dans tous les sens du terme. Les sentiments naissants de Bastien l'avaient plongé dans un trouble profond. Des rêves insistants, toujours les mêmes ! Il faisait l'amour avec Dorothée, et c'était le visage de sa sœur qui apparaissait.

D'ailleurs, quelle place pouvait-il trouver entre elles deux ? Dorothée et sa sœur étaient-elles capables de le comprendre ? Alors, il fit effort pour tomber amoureux rapidement d'une autre fille. Le physique avantageux de Chloé, une copine de fac, le persuada assez vite de sortir de ce cercle dangereux. Solenn lui avait fait remarquer que sa nouvelle conquête ressemblait étrangement à Dorothée. Il vivait avec Dorothée par personne interposée. Un amour de substitution qu'il ne s'avoua jamais.

La présence de Laura Delneuve dans sa société avait tout arrangé. C'était un vrai feu d'artifice, difficile à suivre, imaginative, jamais à court d'idées. Il avait voulu l'associer à l'entreprise mais elle se dérobait. Il ne comprenait pas la planète où elle vivait, un monde où l'argent ne semblait pas exister. Sa contribution aux brevets déposés par la société était devenue essentielle. Elle recevait toujours comme un cadeau les primes que Bastien lui versait. À son insu, il lui avait constitué un capital. Si elle le découvrait un jour, il imaginait sa colère, à la mesure de son imagination et de sa vitalité.

Avec ce qui arrivait, il aurait eu un grand besoin de s'accorder un petit séjour à Bourberouge pour les dix ans de Solenn, mais il ne voulait pas partager ses soucis du moment. Sa sœur était comme ça aussi, leur éducation familiale sans doute. Leur mère disait, « Montre ton visage ensoleillé, si tu n'as que de l'ombre à présenter aux autres, tu seras toujours seul ». Avec son regard enveloppant et bienveillant, Dorothée aurait réussi à savoir ce qu'il voulait cacher.

Il n'avait jamais su vraiment lui résister.

Des menaces précises semblaient viser sa société.

Dans la nuit de nombreuses plantes en cours d'expérimentation avaient été arrachées ou fauchées. Les dégâts étaient considérables sur certaines parcelles, sur d'autres, les « faucheurs » avaient rebroussé chemin. Cagoulés, habillés de noir, difficile d'identifier les auteurs. Mais leur dégaine révélait des professionnels ou des hommes de main, pas des défenseurs de la nature. D'ailleurs, il entretenait avec nombre d'organisations écologistes des rapports corrects et souvent cordiaux. Les bio-sentinelles comme on les appelait désormais, encourageaient les progrès spectaculaires des recherches respectueuses du vivant qui se réclamaient de la *bio-inspiration* et s'opposaient fermement à certains extrémistes affirmant que la terre sans humanité serait en meilleure santé. Certes, ils ne se trompaient pas, mais demander à l'ensemble des terriens de se saborder et de s'excuser collectivement pour le dérangement occasionné, déclarer forfait aux autres êtres vivants. Pardonnez-nous, on a échoué, continuez sans nous, ce sera mieux pour tous. Certains radicaux mettaient en cause toutes les œuvres et découvertes de l'humanité depuis le néolithique, de la domestication des animaux aux plantes créées par l'homme. Le bien-être animal passait par l'abandon de la domestication des gallinacés, anatidés, bovidés, caprins, ovins, porcins, suidés et même celle des chiens trop inféodés aux hommes. Seuls les chats échappaient à leurs oukases, n'ayant jamais vraiment été domestiqués.

La société *Flow-Pow* était, et le proclamait, attentive à ne pas diffuser ses graines dans l'environnement. Des tracts retrouvés sur place semblaient habiller le saccage d'arguments écologistes fumeux. Pendant que la police procédait aux levées d'empreintes, Bastien et son équipe recueillaient la liste des végétaux épargnés. Ce n'était pas le manque de temps qui les avait arrêtés mais la confusion mentale qui semblait les avoir atteints et fait rebrousser chemin comme le montraient les caméras de surveillance. Leurs travaux se confirmaient et cette fois-ci, les « souris » faucheuses, avaient participé, bien malgré elles, à des expériences réussies depuis longtemps en laboratoire. Les responsables de cette confusion mentale étaient une variété de daphnés particulièrement vivaces originaires d'Asie du sud-est dont l'agression entraînait une défense par l'émission de gaz répulsifs. Ces daphnés qui exhalaient un parfum délicieux ne pouvaient pas être cueillis sans conséquences. Leurs études avaient été financées par un collectif de pépinières d'entreprises dont le fleurissement était trop souvent mis à mal par des incursions intempestives. D'autres plantes piétinées avaient retrouvé leur aspect primitif, à la façon des sensitives qui effaçaient toute trace de passage. La présence des daphnés transgéniques avait sauvé l'accès à d'autres serres.

Il pensa à Dorothée qui à chaque fois, qu'elle rendait visite à ses laboratoires et aux serres, s'extasiait. Elle entrait disait-elle dans le jardin fantastique du futur.

Les recherches qui, au début, s'orientaient vers

les odeurs et parfums en lien avec la société *PerLem* de Solenn étaient devenues secondaires. *Flow-Pow* qui avait conservé son nom s'était éloignée en partie de ses objectifs premiers et s'était diversifiée. La réussite financière s'était appuyée sur un rêve de jeunesse du trio, la préservation des forêts, ne pas transformer leur cellulose en papier qui usait tant d'énergie et consommait des centaines de milliers d'hectolitres d'eau. Lire un livre papier, un luxe qui pouvait se maintenir sans culpabilité. Bastien avait ouvert plusieurs usines qui fabriquaient des milliers de tonnes de papier à base de poussière de pierre, recyclables indéfiniment et beaucoup moins chères.

La bio-inspiration était un immense arbre aux ramures infinies qui regroupait maintenant dans sa société naturalistes, biologistes, chimistes, ingénieurs, designers, philosophes, la biodiversité de la terre recréée par la diversité des compétences. Laura était devenue responsable du département bioluminescence et secondait aussi une équipe travaillant sur l'épuration des eaux par les végétaux et les bactéries. Économie d'énergie et assainissement du monde chimiquement pollué étaient les urgences absolues où chacun pouvait faire de l'argent. Les bénéfices escomptés aidaient beaucoup plus les découvertes que tous les arguments catastrophistes.

Bastien appartenait à ces nombreux chercheurs sur la planète qui faisaient reculer le pire, ils appréhendaient enfin la biologie terrestre, avec un autre regard en s'inspirant de ce qui avait été essayé et réussi depuis des centaines de millions d'années : le mariage des fleurs et des abeilles, celui du moloch d'Australie et de la sécheresse, ou la mise au point de la thermo-régulation des termitières. Ajouter de l'intelligence humaine à la nature, elle qui avait su s'y prendre et tout imaginé ! Le maître de la terre devenait l'élève attentif et à nouveau émerveillé.

Dans le hall d'accueil de sa société, il avait fait poser une immense figuration d'un tableau de Magritte représentant un végétal supportant la planète. Laura lui avait fait remarquer que bizarrement le mot planète était la plante augmenté d'un è. Le monde végétal redevenait ce qu'il avait toujours été, les atlas de la terre remplaçant avantageusement les colosses musclés de l'Antiquité.

Le collapse, le grand effondrement n'était plus aussi certain. Les catastrophes habituelles et de plus en plus nombreuses étaient devenues l'argument ultime pour arrêter la course à la production et à la consommation, seuls buts de la vie sur terre. Les compagnies d'assurance et de réassurance, plus que les écologistes, avaient envoyé aux oubliettes de l'histoire les climato-sceptiques. Le travail de Bastien, de son équipe et de centaines de milliers de chercheurs était d'observer et d'utiliser avec une application confiante, le génie des plantes et des animaux pour remplacer peu à peu les innombrables molécules chimiques qui avaient investi le vivant et commencé à l'anéantir.

La survie de notre belle orange bleue habitée par des humains redevenait peut-être envisageable. Il fallait cependant accélérer l'évolution naturelle, par l'intelligence humaine. Il y avait urgence sur la terre, avant la disparition des Hommes et l'avènement d'une civilisation plus accueillante pour des poulpes ou peut-être pour certains insectes exceptionnellement résistants.

Les traces d'humanité qui semblaient indélébiles, la grande muraille, les pyramides égyptiennes, la cathédrale d'Amiens, le Taj Mahal ou le Mont-Saint-Michel pourraient-elles émouvoir des foules d'hexa ou d'octopodes ?

Les plantes pouvaient tout ! Et l'Homme avait réussi depuis des millénaires à sélectionner ce qui allait devenir ses céréales, ses fruits et légumes du quotidien, ses fleurs pour déclarer la beauté au monde. Les végétaux épuraient l'eau, épuraient l'air, abritaient les hommes, les nourrissaient et les chauffaient, et là ils étaient en train de les sauver de l'extinction.

Bastien avait exploré l'infinie variété des plantes mellifères, à côté des bourraches et des phacélies. Son équipe avait mis au point de véritables restoroutes pour le peuple bourdonnant, des plantes généreuses en pollen et combattant les virus qui avaient décimé tant de ruches. Des alicaments pour ces demoiselles redevenant nombreuses. Des amis de la fac avaient osé se lancer dans la fabrication de matériaux chlorophylliens qui transformaient la lumière en énergie. L'expérimentation à grande échelle dans des zones pavillonnaires avait été un tel succès que les hommes risquaient à nouveau de retomber dans leurs solutions techniciennes, de dépenser sans compter puisque la nature était généreuse. Leurs appétits pourraient toujours s'aiguiser. Des vêtements chlorophylliens avaient vu le jour et révolutionné l'industrie textile. Des expérimentations étaient en cours pour introduire des chloroplastes dans des noyaux de cellules embryonnaires de souris, elles devenaient capables d'effectuer une photosynthèse. On s'orientait vers une humanité-plante qui demanderait très peu à son environnement et pourrait être supportée par la planète.

Chaque jour, la lueur d'espoir qui animait les chercheurs et les citoyens associés, grandissait. Nouvelles découvertes, nouvelles incompréhensions, nouveaux enthousiasmes ! Quoique scientifique reconnu, Bastien Leherpeur déclarait volontiers être un petit garçon qui progressait dans un pays des merveilles. Il répétait souvent dans les médias avec insistance et malice : « Nous savons aujourd'hui que la Vie et la Terre doivent s'écrire avec une majuscule. », et de citer l'incroyable langage des arbres, la découverte de symbioses excessivement complexes, les relations surprenantes des bactéries et des champignons et la dévastation méthodique de l'agriculture chimique.

C'était pitoyable d'avoir oublié une telle évidence.

Les plantes étaient l'avenir de l'homme et de celui des femmes si elles ne s'obstinaient pas à ressembler aux hommes.

Le trio n'avait rien renié de leur vie d'enfants des bois. Bastien avait choisi lui aussi un métier-passion, mais oublié les frissons de la forêt, la pause dans un temps qui ne s'inscrit pas sur les cadrans, l'immobilité travailleuse des arbres, le grouillement des feuilles, des racines, du mycélium, un semblant de paresse silencieuse, comme figée, une vie intense. La forêt n'avait pas besoin de faire de tapage, une publicité de chaque instant. Elle déployait une énergie phénoménale et ne demandait rien à la planète, ni ne restreignait sa durée de vie.

Dorothée, cependant ne comprenait plus son ami. Il avait lâché définitivement la main de leur enfance !

Il était entré dans la dictature des chiffres et des normes, du langage des marchandises qu'on échange ou des placements financiers avantageux. Gérer sa vie au plus juste, avec la plus grande efficacité puisque le temps manquait, qu'il s'était mis à galoper. Il avait capitalisé sa santé par le running, tôt le matin, capitalisé sa beauté, par des crèmes qui éliminaient les ridules naissantes, une peau qui ne devait pas connaître les premières injures de la quarantaine. Il avait constitué un maillage étendu de relations, du temps passé pour un jour, peut-être, un jour sans doute, récupérer des dividendes, rentabiliser ses investissements affectifs ou professionnels. Avec Solenn, qui manifestait de plus en plus de réticences, il avait échangé recettes, adresses, conseils, réseaux, bons plans, l'art d'être une araignée au centre d'une toile qui devait s'élargir sans fin, au point où l'air ne passait plus entre ce maillage infernal de fils enchevêtrés, tous atteints d'arithmomanie, la vie simplifiée. Une époque qui refusait violemment un monde gris, le monde des petites moyennes, le monde des médiocres, et n'admettait que la réalisation complète de soi. Ne pas composer avec le temps, exclure la patience, exclure le compromis, entretenir la fougue et le feu.

Trinquer sans fin avec les chiffres !

Bastien n'était plus revenu à Bourberouge depuis longtemps, sauf lors de brefs séjours où il apportait les merveilles de ses découvertes. Il avançait sous d'autres cieux, allait vite, n'avait plus de rétroviseurs. Il réussissait ! Quand il rencontrait Dorothée, c'était à Rennes ou à Caen entre deux TGV ou deux avions, le temps de ne rien se dire.

Elle conservait leur paradis à l'abri de la vie qui griffe, qui mord, qui fait mûrir ou mourir.

-10-

Une nouvelle fois, les gendarmes arrêtèrent leur véhicule devant l'entrée de la propriété. Dorothée avait régulièrement leur visite, mais elle était incapable de leur donner le moindre renseignement, le plus petit indice. L'enquête piétinait. Des experts étaient passés, les chiens se perdaient dans les trop nombreuses traces olfactives. Les gendarmes cette fois se dirigèrent vers son massif de fleurs répulsives pour les sangliers. Ils avaient un autre regard et des manières moins polies, même le plus jeune d'entre-eux, qu'elle troublait d'habitude, ne paraissait plus être sous le charme.

Dorothée s'avança, un sécateur à la main.

- On nous a dit que vous cultiviez des plantes bizarres. Elles ne sont pas d'ici et risquent d'être dangereuses.

On ? Un voisin mal intentionné ? Une dénonciation de collègues jaloux ? Une enquête sur les travaux de Bastien ? On, le pronom de la malveillance et du doute, des insinuations, de la calomnie.

Allait-elle répondre par l'ironie ? L'étonnement ?

L'incompréhension ? Elle choisit son savoir qu'elle évita d'être prétentieux et évoqua toutes les plantes indigènes qu'ils connaissaient, les dangers mortels qu'elles représentaient. Elle déroula avec brio une liste à la Prévert. Entre le laurier-sauce toxique à forte dose, la digitale qui poussait sur les haies, les lauriers-roses qui ornaient l'extrémité de sa terrasse, sans oublier la ciguë qui poussait sans produits chimiques en Grèce et que ce pauvre Socrate avait dû ingurgiter.

Elle vit que son charme pouvait opérer à nouveau sur ces fonctionnaires mi-amusés, mi-suspicieux. Elle comprit que c'était une visite de routine mais qu'au détour d'un mot, peut-être... Alors elle continua sur les alcaloïdes toxiques du muguet, les lupins, les pivoines, les arums et le danger extrême des bulbes des colchiques. Elle allait continuer sur les chèvrefeuilles, les baies de houx et de troènes et leur désigna le magnifique if qui trônait en grand seigneur sur la pente descendant vers la rivière, mais il ne fallait pas qu'elle profitât d'une situation où on ne demande pas à la gendarmerie de connaître le danger des plantes, celui des pitbulls étant plus avéré et plus habituel.

Elle évoqua le gigantisme de ses gunneras, là où le flair des chiens avait déclaré forfait. Elles paraissaient bien pacifiques avec leurs grandes feuilles déployées et dont certaines s'étaient enroulées et formaient comme un tunnel. Elle termina par un clin d'œil sur le danger des baies des solanacées. Méfiez-vous des pommiers d'amour ! Elle les entraîna ensuite vers un massif de fleurs qui exhalait un puissant parfum. La racine était prometteuse pour guérir certaines formes de cancer. Un argument décisif. Elle sourit en les voyant se pencher sur les corolles odoriférantes. Leurs deux képis ! Quelle belle image de pub, pensa-t-elle.

Avant leur départ, Dorothée attira leur attention sur sa haie anti-sangliers et leur expliqua que ses plantes brevetées étaient la solution écologique pour éviter leur dévastation. Même s'ils vivaient à la caserne, leur origine rurale les rendait sensibles à ce fléau. Les « plantes bizarres » dont ils parlaient, pouvaient être de grande utilité pour les agriculteurs.

Les deux gendarmes repartirent, convaincus peut-être, mais leur question ne permettait pas d'accrocher une juste réponse et la réponse qu'ils attendaient aurait été de leur servir sur un plateau la plante coupable, que leurs limiers n'avaient pas encore trouvée, et cause éventuelle d'un empoisonnement. Une fois de plus, elle les assura que si elle découvrait quelque chose de suspect, lors de ses promenades en forêt, ils seraient contactés. Elle craignait cependant la découverte fortuite de son cadavre.

Pourquoi avoir parlé du danger de ses plantes ? Comment les gendarmes avaient-ils pu s'orienter vers une telle piste ? Ce n'était plus un suicide, une disparition mais un empoisonnement. Il fallait découvrir dorénavant un corps empoisonné.

Elle pensa à l'ancien propriétaire qui lui avait vendu la maison. Il était passionné d'erpétologie, ce qui lui avait valu une mort prématurée. Il avait été mordu par un de ses pensionnaires. Chacun pensait au danger des serpents, leur venin, la morsure ultime qui accorde quelquefois peu de temps de survie. Aux gendarmes, elle avait évoqué les toxines, les alcaloïdes qui rendent certaines plantes, si dangereuses. Leur intrusion lui fit imaginer des boas du règne végétal, des serpents constrictors qui fascinent, étouffent et digèrent. Ses petits singes familiers lui suggérèrent cependant de faire un peu de ménage chez les pensionnaires de Bastien qu'elle accueillait généreusement.

Elle les chassa. Son ami n'avait pas créé un golem, lui, si attentif à respecter des protocoles rigoureux et à ne pas disséminer ses plantes dans la nature.

Quelques-uns revinrent à l'assaut.

- Crois-tu avoir convaincu les taches bleues comme tu les appelles ? S'ils ont des doutes ou une piste, ils reviendront avec des spécialistes et ton étalage de science sera bien dérisoire ! Le plus malin d'entre eux, le plus habile de tous, lui parla avec lenteur, sans agitation, ce qui lui donnait autorité, un réel pouvoir de persuasion.

- Bastien est ton ami, il ne peut pas te tromper, mais les plants en cours d'expérimentation qu'il t'a confiés, pourraient peut-être s'avérer gênants pour l'environnement ?

C'était un phraseur. Il choisissait ses mots, les soupesait avec délectation et n'oubliait jamais son poison : MAIS, la conjonction de coordination qu'il instillait doucement.

Le poison était entré en elle. Depuis trois semaines, depuis la disparition de cet homme, elle hésitait à marcher à travers les buissons. Elle craignait de découvrir un cadavre, sans doute en partie dévoré par les renards, les blaireaux ou les corneilles. Elle n'avait jamais eu peur dans sa forêt et là, une présence ou une absence, donnaient une nouvelle signification au silence, au craquement de branchages, à un gland qui tombait.

Un SMS rapide à Bastien :

« Il faut que tu viennes, tes plantes ont beaucoup de succès, elles intéressent même les tâches bleues.

Ton amie de toujours et pour toujours

Do »

Il répondait rarement aux messages.

Une réponse instantanée :

« Arrive dès que possible, congrès pour 8 jours en Corée »

Dorothée devait repartir pour une réunion avec les professeurs de la classe de 3ème D, une parenthèse salutaire dans son désarroi et ses élucubrations. Une des élèves, Pauline, était régulièrement soumise aux sarcasmes de plusieurs garçons qui profitaient de sa disgrâce physique et de sa timidité. Dorothée et Aliette Séran, sa collègue de lettres modernes, étaient prêtes à dépenser toute leur énergie pour combattre l'obligation faite aux filles d'être jolies et de demeurer encore la partie la plus malmenée du genre humain. L'éducation des jeunes mâles et des filles était si déficiente, et puis, quelle belle occasion d'asséner une leçon au principal du collège et à certains collègues qui étaient toujours près à certains regards ou blagues douteuses.

-11-

Le lendemain, le temps menaçant transformait la forêt en un vaisseau préparant ses voiles pour affronter une tempête. C'était idéal pour le projet d'Aliette avec qui elle avait rendez-vous en début d'après-midi : préparer une sortie avec les élèves dans l'imaginaire de la forêt. Le petit Poucet, la Belle au Bois dormant, Blanche-Neige, ou Robin des Bois avaient été étudiés, mais Aliette voulait des légendes locales que connaissait Dorothée, et peut-être, les familles de leurs élèves.

Avec les années, Aliette était devenue une amie. On pouvait baisser la garde devant elle, se mettre à nu sans pudeur. Dorothée l'accueillit en la prenant dans ses bras et en lui caressant les mains, les épaules, le dos. Cela surprenait au début, mais ses gestes étaient vrais et donnaient crédit à la sincérité de son accueil. Elle appartenait à la petite famille des kinesthésiques qui apprennent plus, par le toucher et le mouvement de leur corps. Aliette qui avait reçu une éducation sévère aurait voulu avoir ce don ou cette propension tactile que

Dorothée accomplissait avec tant de naturel et d'absence d'ambiguïté.

- Allons en forêt, je te les raconterai sur place. Il y a des lieux où les légendes sont accrochées et vivent encore si on se met en situation.

En chemin, avant de pénétrer sous les voûtes de sa cathédrale chlorophyllienne, elles évoquèrent leur enfance, leur adolescence. Certains enseignants étaient une race à part. Jamais ils ne pouvaient oublier le temps de leur vie avant de devenir adultes, s'ils le devenaient un jour. Leur public de petits d'hommes en formation les confrontait toujours à leur propre cheminement, leurs découvertes, leurs abandons aussi, quelquefois leurs reniements ou leurs échecs. Quelques-uns se vengeaient alors, de l'innocence de leurs élèves par une aigreur, une amertume et une volonté de leur couper les ailes, de chasser leurs rêves.

Aliette et Dorothée s'étaient découvert une enfance commune, toutes les deux, filles d'artisans. Elles avaient été poussées aux études comme on disait alors. L'ascenseur social commençait déjà à se bloquer, et certains escaliers semblaient réservés. Leurs parents s'étaient fait à l'idée de les voir quitter le milieu rural pour trouver du travail dans une métropole régionale. C'étaient de petites gens comme on ne disait plus, sans doute de merveilleux « Riens » ou de splendides « Pas Grand-Chose », encore respectueux des personnes d'importance ou qui se prétendaient tels.

Leur adolescence révoltée ne s'ensommeilla pas comme il convient de faire quand, souvent, on devient adulte. Avec les héros du nouveau monde, tout était préparé, les moules bien conformés à tous les besoins. Il suffisait de s'adapter au progrès, de s'accommoder des reniements, éviter les miroirs en rentrant chez soi, alors que les événements du jour nous observent. Et puis on s'habituait, tout le monde s'habituait. On se rassurait comme ça, puisque tout le monde le faisait et c'était la marche du monde.

Aucune des deux ne s'était résignée. Elles s'imaginèrent devenir des superwomen, des battantes. L'individualisme nouveau permettait à chacun suivant ses compétences, sa chance, sa volonté et sa légende personnelle, d'accéder aux plus hauts postes, en faisant de l'argent. Le libéralisme planétaire exposait un panel de réussites, un épais palmarès doré où s'inscrivaient les noms de multi-millionnaires partis de rien.

Aliette, brillante, travailleuse acharnée sous la surveillance jamais en repos de ses deux parents. Eux, qui avaient fait peu d'études, imaginaient le meilleur pour cette fille, engrangeant les premières places, philosophie, sciences po, intégration dans un cabinet d'audit reconnu. Peu de temps pour soi mais une excitation, de nouveaux contrats, des réussites spectaculaires, de l'argent, et la reconnaissance de grandes entreprises du CAC 40. Dorothée avait appris à cette occasion la signification du CAC : cotation assistée en continu avec une mise à jour toutes les quinze secondes. C'est de là que venait Aliette.

Maintenant elles étaient toutes les deux dans la forêt, les chemins demandaient à y être respectés et les arbres pensaient en siècles.

Elles furent interrompues par deux hannetons qui envahirent l'air d'un impressionnant vrombissement. Leur pullulement était tenu en respect par les sangliers et les chevreuils de la forêt, gourmands de leurs larves.

Le vol des coléoptères savamment harmonisé par la forêt fit l'effet d'un grain de sable dans le récit de la carrière brillante d'Aliette. Après une pause, elle raconta qu'en plein élan de son ascension sociale, elle fut troublée par Pablo, un client qui deviendrait plus tard l'amour de sa vie. Une lecture l'avait transformé et le sens de son travail était devenu moins évident, en fait, il s'aperçut que ce qu'il faisait n'avait pas de sens, cela l'avait littéralement disloqué. Le philosophe Ivan Illich, que personne ne lisait plus, avait été la cause de son profond mal-être. Dans ses ouvrages, il dénonçait le désir de croissance illimitée, la démesure, l'hubris qui gagnait chacun. Avec une telle humanité, le monde ne pouvait que s'assombrir définitivement. Il avait partagé avec Aliette ce qui l'animait désormais. Elle avait retenu avec lui que l'école était « l'agence de publicité qui nous fait croire que nous avons besoin de la société telle qu'elle est ».

Elle bifurqua alors vers l'enseignement pour agir à l'intérieur d'une citadelle cultivant d'étranges arbres aux nombreuses branches mais dont les racines étaient coupées. Pablo trouva sa voie dans l'économie sociale et solidaire qui, expliquait-il, devait être le contre-modèle du monopole radical des moyens techniques. La déception de leurs parents respectifs fit l'effet d'un tsunami et depuis ce temps, Aliette ne voyait plus son père qui lui reprochait toujours son choix. Sa mère lui avait déclaré une paix précaire à la suite de la mort soudaine de Pablo voilà cinq courtes années.

Dorothée avait eu la chance d'échapper à une telle pression. Son père avait abandonné les études à seize ans, il continuait le métier d'une génération de menuisiers. Malgré l'opposition de sa mère, il lui avait construit un petit établi dans son atelier. Elle fabriquait des nichoirs à oiseaux ; bientôt, il n'y eut pas assez d'ailes dans le ciel pour répondre à l'offre d'appartements mis à leur disposition. C'était sa première expérience dans le monde de l'économie, l'ajustement de l'offre à la demande. Une loi impitoyable, apprit-elle plus tard.

Elle s'était orientée ensuite vers la fabrication de maisons de poupées. Elle les vendait lors des brocantes et achetait des livres, des livres, toujours des livres. Les livres chez ses parents étaient aussi rares que le parc de chasse-neiges au Sénégal.

Le goût du travail du bois, les senteurs de la sciure, des copeaux, des planches que son père laissait sécher longuement, avaient imprégné son enfance.

Son petit établi, les odeurs de l'atelier, elle les avait recueillis à la *Fieffe au Songeur.*

Le rêve de son père : devenir instituteur, mais dans la famille on ne faisait pas d'études. Il voyait son futur à travers elle, l'imaginant devenir un jour professeure des écoles ou peut-être même dans un lycée. Elle, elle se voyait menuisière, il l'encourageait avec tendresse en la voyant confectionner avec beaucoup d'habilité et de patience SES objets. Elle essayait qu'il soit fier d'elle.

À l'âge de onze ans, elle avait ressenti un malaise chez son père, elle ne connaissait pas les mots, mais cela voulait dire qu'il ne s'épanouissait pas, une fleur qui demeure en bouton, puis finit par flétrir.

Elle comprit.

Du jour au lendemain, elle signifia que le travail du bois ne l'intéressait plus. Elle voulait faire des études, devenir le rêve de son père. Son regard lumineux, elle s'en souvenait encore.

Et puis, le trio formé avec Solenn et Bastien, leur passion commune pour la forêt l'éloigna de l'atelier et la nature absorba leur enfance. Elle avait appris le mot ornithologue et, à sept ans, elle avait déclaré qu'elle voulait être menuisière et aussi plantologue. Cela sonnait bizarrement, mais au moins c'était un mot sérieux.

Elle ne le deviendrait jamais, les rêves d'enfance s'arrêtent à l'enfance.

Petite fille, elle n'avait pas de révolte, elle ressemblait à son père qui avait prolongé un sillon dans un champ qu'il n'aimait pas. Pupille de la nation, la belle affaire pour commencer à travailler à seize ans, son frère à lui plus jeune, sa mère qui pour survivre tricotait, tricotait, faisait des retouches, repassait ; c'était un travail de femme qu'elle savait faire. Souvent, elle racontait en voyant passer des trains, que ce qu'elle avait fabriqué pendant toute sa vie ne tiendrait pas dans dix wagons.

Elle disait, on ne choisit pas sa vie.

Dorothée comprit plus tard à l'heure des rébellions adolescentes que tout était joué d'avance, malgré ce qu'elle pensait. La bourgeoisie bloquait ou non l'ascenseur social selon ses besoins. Solenn se moquait un peu, elle découvrirait des escaliers et gravirait toutes leurs marches, en leur faisant la nique.

Joué d'avance, Solenn ne pouvait supporter entendre une telle acceptation. Les moutons qu'on tond pouvaient se rebeller, c'est ce qu'elle avait fait, ce qu'elles avaient fait ensemble, ce que Dorothée continuait depuis la mort de Solenn.

- Alors ces légendes, tu me racontes !

Il n'y a pas de pancartes, j'ai besoin d'une guide !

Les deux femmes avaient dérivé sur leur vie d'avant, ce qui les avait construites, ce qui les unissait : leur origine sociale, le devoir de réaliser le rêve de leurs parents, leur rébellion et le contournement des voies qu'on leur avait tracées.

Dorothée avait un vieux compte à régler avec son adolescence. Elle avait regretté ses moqueries, ses haussements d'épaules, ses railleries sur la pesanteur séculaire d'esprits lourds et soumis à l'irrationnel, à des pensées magiques qui essayaient de comprendre ce qui les entourait. Elle s'en voulait de ses remarques sur les légendes que sa grand-mère collectait auprès des vieux, ignorant à l'époque leur classement dans le quatrième âge, avant sans doute leur extinction en atteignant le cinquième palier. Quand elle était petite, son arrière-grand-mère lui avait raconté des histoires de loups-garous auxquelles elle croyait. En rentrant du travail, elle avait été attaquée par un grand chien noir, un varou, qu'elle avait mis en déroute en le frappant sur la tête avec un bâton. Le lendemain, l'homme qui l'employait avait un énorme pansement autour du crâne.

N'était-ce pas suffisant ?

Dorothée rapporta à Aliette ce que les anciens avaient retenu, et qu'elle appréhendait maintenant avec moins de dédain. C'était l'esprit de la forêt. Les esprits qui l'avaient quittée. Le rocher de l'Aiguille où des fées, aux charmes infinis, s'assemblaient.

Malheur au jeune homme qui les avait surprises et qu'elles tuèrent d'un coup de quenouille. Plus loin, le *Pas du Diable,* les empreintes du démon gravées dans la roche à l'issue de son combat malheureux contre l'archange au Mont-Saint-Michel, au-dessus de la rivière, le *Pont du Diable*, où le tentateur fut berné et dut se contenter d'un chat contre l'âme d'un plus malin que le Malin. Dorothée poursuivit par le récit de *Chasses infernales* et les aboiements de meutes de chiens condamnés à traquer une proie insaisissable lors des nuits sans lune. La forêt était aussi le lieu de rendez-vous des amours impossibles. On raconte que deux amants se retrouvaient sur les bords tumultueux de la rivière proche de sa forêt tropicale.

Son récit fut interrompu par deux corbeaux qui se posèrent sur l'arbre au pied duquel elles étaient assises. Un trouble furtif, irraisonné assombrit les yeux verts de Dorothée. Elle poursuivit cette histoire d'un jeune page qui aimait Blanche, la fille du châtelain. Ils furent découverts ici par un écuyer qui n'acceptait pas leur union ; il voulut les tuer mais les amants furent transformés en corbeaux. Aliette fut également troublée par les cris des deux choucas qui venaient de s'envoler. Elles expérimentaient les coïncidences qui valaient explication à nos ancêtres. Le monde mystérieux de la forêt, les à-pics, les formes bizarres des rochers, les brèches creusées par les cascatelles étaient un langage perdu, l'œuvre de Gargantua, le semeur de pierres, ou de Velléda la druidesse qui immolait ses victimes sur une pierre plate sur laquelle elles étaient maintenant assises et que tous appelaient, le vieux dolmen. La forêt avait recueilli toutes les peurs et les êtres de la nuit, loin du village et du labeur quotidien. Les hommes transformaient le monde des arbres en un lieu où leurs âmes souterraines s'épanouissaient en ogres, en hors-la-loi, en sorcières ou en jeunes filles endormies pour des siècles.

Dorothée resta un long temps en silence, les amours plus fortes que la mort, les amours interdites que ses ancêtres avaient reléguées et conservées parmi des arbres faussement impassibles, complices peut-être de merveilleux secrets. En contrebas de la chapelle du château, le *Cimetière des deux amants* était envahi par les ronces, mais elle n'en parla pas.

Aliette l'avait délivrée, il y a des années, d'un enfer que seules les femmes peuvent connaître.

Elle l'avait recueillie à son retour de la clinique où elle s'était faite avorter, comme la punition d'un amour déçu, ou plutôt la vengeance d'un amour blessé. Elle avait été là pour recevoir son cœur tout empourpré, tout griffé, tout meurtri et son corps mutilé : une hémorragie, une infection, des complications. Elle était rentrée mutique, amaigrie, stérile. Aliette était là quand elle était revenue dans l'Ouest, retrouvant une nouvelle maison natale, celle des collines, du bocage et de la forêt qui ne craignaient guère le soleil ni les incendies de l'été.

Elle s'était faite avorter, « je me suis faite avorter », l'expression ne cessait de la tarauder comme si ces quelques mots étaient imprimés à jamais dans sa tête. Elle, si heureuse d'offrir une nouvelle vie à la vie et puis la mort violente d'un amour, et cet enfant était devenu un intrus, un corps étranger, et même hostile. D'ailleurs, ce n'était pas son enfant, c'était l'enfant qu'un autre lui avait fait ; elle l'avait expulsé de son corps, comme elle expulsait de sa vie celui qui n'en était plus digne.

Elle avait réussi à se délivrer de ce Midi de plein soleil où elle avait suivi l'homme de sa vie. Ils y avaient vécu trois années de délices, l'un, l'autre, marchant du même pas, comme si il, elle, avaient le même paradis de l'enfance : elle l'Armoricaine, métissée de Bretonne et de Normand, lui, un Catalan dont l'accent rocailleux et les yeux sombres l'avaient conquise.

Elle l'avait rencontré, son cœur prêt désormais pour accueillir des sentiments d'amour et de désir. Ce n'était plus des flirts et des refus, c'était l'acceptation d'une intrusion au plus intime, celle du corps et plus encore le partage de toutes ses passions, de tous ses rêves qui la faisaient vivre.

Il était journaliste, chroniqueur et connaissait un succès avec des récits et deux premiers romans qui avaient été bien vendus. Dorothée s'était persuadée qu'il pouvait être le biographe de Solenn, raconter sa courte vie, mais elle comprit très vite l'extravagance de sa demande.

Trois ans de paradis. Ils avaient appris à se regarder dans les yeux, sans mot dire. L'épreuve du silence qui ne trompe pas, d'un silence doux et rond qui répand son miel sur tout ce qui les entourait et sur les êtres nimbés d'une bienveillance universelle. Puis deux années de l'enfer de ceux qui s'aiment encore, mais mal, qui se font mal, parce qu'ils tiennent encore l'un à l'autre et qu'ils ne veulent pas comprendre qu'ils sont sortis de leur paradis. Les premiers délices leur avaient caché qu'ils s'étaient trompés d'amour, se jouant de l'ardeur du soleil dans leurs étreintes de plein midi, aux rayons sans nuances.

Dorothée ne savait pas ce qu'était la guerre entre deux êtres, elle n'avait pas d'armes. On aurait dû la préparer à ça. Une guerre de tranchées avec pour un oui, pour un non, une offensive violente, où le fiel est sans mélange. Rien pour sucrer les paroles. Une violence que la vie sociale ne permet même pas, et dans son couple, tout devenait possible, insultes, injures, ironie, hypothèses mensongères, inventions, sarcasmes. Elle avait dû apprendre tout ça, toutes ces armes qui lui répugnaient. Comment un amour pouvait-il contenir l'enfer ?

Quand il l'avait giflée, à la suite d'une nouvelle crise de jalousie, elle ne dit rien. Jusqu'à présent, elle avait supporté un jaloux maladif. Tout se brisa en une immense conflagration silencieuse. Plus tard, elle trouva le mot juste : sidérée. Avant son départ au travail, elle fit de maigres bagages et partit. Elle eut le courage de partir, un courage dont elle ne se croyait pas capable. Ne pas se retourner, effacer tous les pas de sa fuite. Elle s'évadait d'un rêve et d'un désir déçu.

Elle se découvrit enceinte, se fit avorter et le lui fit savoir, par simple mail sur un ton neutre et atrocement détaché, lui, qui désirait avoir des enfants d'elle.

À son retour de Perpignan, peu de temps après la mort de Solenn, elle avait acheté cette maison en lisière de la forêt, sa forêt d'enfance. Une opportunité inespérée dans ce pays qui recommençait à se vider de ses hommes et de ses femmes. Pablo, le mari d'Aliette lui avait trouvé cette solide bâtisse en grès armoricain, qu'elle avait connue dans son enfance, transformée par de précédents propriétaires britanniques. La femme, désemparée par la mort de son mari victime de sa passion pour les serpents, était repartie dans son pays.

Elle désirait renaître au plus près de son enfance alors que tout avait été possible. Ici tout redeviendrait possible. Elle, l'Armoricaine s'était enracinée dans les calcaires de la garrigue du côté de Baixas. Elle s'était épanouie, marchant dans la folie de l'été, quand le soleil se répandait à gros bouillons, ne transigeant pas, ne laissant aucune place à l'ombre sauf pour les insectes et les reptiles. Elle était fascinée par la floraison des agaves, l'outrecuidance de leur hampe s'échappant à plusieurs mètres du sol, et s'éloignant de la fournaise des roches chauffées à blanc.

Et ses récoltes de plantes odorantes !

Tous l'appelaient l'Irlandaise pour la rousseur de ses cheveux et son grand chapeau de paille sous lequel elle protégeait une peau diaphane. Le pays catalan révélait son être profond, une nature solaire, l'incendie de ses sens et de son être.

Dorothée vivait une relation absolue, une ardeur, une exaltation que quelques brindilles, quelques braises n'avaient pu satisfaire jusqu'à présent. Elle allumait un feu de la Saint-Jean pour tous ses amours. Il fallait aller bien au-delà de soi-même pour tenir sa main complice. Elle était devenue gourmande d'eau fraîche et des puits, tant sa passion appelait de nouvelles soifs.

Une mutation académique pour un lycée-collège du sud Manche, un poste libre en S.V.T., une fuite vers le pays de son enfance. Aliette avait été là.

Elle l'avait écoutée, écoutée avec intensité et Dorothée, déjà perdue par la mort récente de Solenn retrouvait un lieu où la vie pouvait être seulement bienveillante. Ne plus entendre parler du Midi, de sa part de Midi, des amours voraces et fougueuses.

Ses souvenirs catalans avaient été remaniés, bouleversés et en grande partie oubliés. Son cerveau avait fait un ménage salutaire. Demeuraient seulement en toute lumière, le ciel et les parfums de la garrigue. Réminiscences si précises et si exclusives, qu'elle avait craint pour son équilibre psychique, ce qui l'avait terrifiée un temps.

Sa vie, à nouveau enracinée, voulait accueillir un soleil peu entreprenant, ruisselant à peine, un friselis de lumière qu'il fallait vite saisir entre les nuages venus de la mer, un murmure dans le tumulte de son amour mort. Renaître à une vie discrète, une vie timide qui dure, tant elle est tenace, tant elle ne se fait pas remarquer.

Lors de son réveil à l'hôpital, une photo s'était imposée à son esprit. Elle la connaissait par cœur, elle l'avait vue toute sa vie dans la chambre de ses parents, en noir et blanc, une photo toute immaculée de blanc, une photo qu'elle ne voyait plus, dont elle n'avait sans doute jamais compris la gravité. C'était celle de Louise, sa sœur aînée, auréolée de fleurs blanches, reposant sur des draps blancs, la tête qui semblait légèrement blessée. C'était Louise à deux jours. Elle avait toujours entendu ses parents parler de « la petite Louise » et la petite Louise lui apparaissait dans une blancheur irradiante.

Ce réveil fut le début du grand effondrement, comme elle le qualifia, après qu'une vie fragile eut repris son goût et ses droits en elle.

Et Aliette avait été là ! Elle ne savait pas à quel point elle lui avait donné un nouvel appétit, ses yeux redevenus tendres pour la vie vivante. Elles étaient du même âge, mais c'était comme une autre mère qui l'avait mise à nouveau au monde. Elle n'avait jamais pu dire à ses parents qu'elle s'était faite avorter. Peut-être auraient-ils compris, ils désapprouvaient sa liaison avec ce qu'elle appelait son autre moi-même.

Quand elle avait émergé de l'anesthésie, Louise, les yeux ouverts lui signifia, dans un silence sans reproche, toute la souffrance et le chagrin de ses parents. Louise était morte d'un accident d'accouchement. Elle comprit violemment ce que la photo qu'elle ne voyait plus, criait.

À nouveau dans son pays de bocage, elle rencontra plus que le paradis de l'enfance, un apaisement qu'elle n'imaginait pas, qu'elle espérait si peu. De manière paradoxale, elle avait la sensation de s'y recharger... en humanité.

Chaque jour, la forêt l'avait lavée de tout ce qu'elle avait été contrainte de faire, comme on prend des douches, de multiples douches pour évacuer une impureté, une souillure, un viol. Elle ressentait ses ébats désormais comme des outrages renouvelés. L'amour s'offrait mais jamais ne devait être pris. Il devait consentir chaque jour et jamais ne se sentir en pays conquis. Elle avait appris l'amour par cette blessure. Elle s'était souillée pour avoir consenti, accepté, appris une guerre, où le meilleur d'eux-mêmes s'était naufragé.

Et Aliette toujours présente, disponible pour montrer la vie devant, celle qui nous attend et ne s'impatiente pas, celle qui a son temps et connaît la force de l'oubli.

Elle avait vaincu sa culpabilité, celle que les femmes se déversent sans retenue :

- Solenn aurait su se défendre. Solenn aurait su ne jamais commencer une telle histoire d'amour, elle aurait fui plus vite, Solenn aurait su mettre fin à cette destruction !

Dorothée s'aspergeait de reproches, de suppositions, se condamnait à une longue peine, idolâtrant son amie, qu'elle aimait trop comme une sœur, mais Solenn avait eu ses propres blessures, des cicatrices d'amour qu'elle couvrait sous la fatigue du travail et des transports, sous le temps qui galope et qui dévore.

Les deux sœurs, l'une, l'autre, s'étaient tout raconté : la sortie difficile et la mort d'une adolescence où on continue à tout se dire, le regard des garçons, l'affinement de la séduction, les petits mots que chacune allait porter à son Roméo. Elles avaient échappé à la vie qui quelquefois propose à deux amies le même garçon à aimer. Et puis la première fois quand on a fait l'amour et puis la vie, le travail et la forêt qui s'éloigne.

Elles ne s'étaient rien épargné, mais Solenn n'était plus là pour la mort de son amour catalan.

L'envol et le jacassement d'une pie éloignèrent Dorothée de ses songes. Aliette avait noté rapidement les amours impossibles de la forêt. La pie rompait un long silence. Dorothée enlaça son amie, qui ne comprit pas ce qui provoquait cette manifestation de tendresse.

Dorothée revenait au monde de la forêt.

- Tu connais le philosophe Bachelard ? Il a écrit qu'un pays sans légendes est condamné à mourir de froid. On n'a pas froid ici !

- Tout ce que tu me racontes est passionnant, mais personne ne se nourrit de légendes aujourd'hui. Inventons-nous encore de nouveaux contes, pour ne pas mourir ? Pourtant, l'humanité veut qu'on lui raconte des histoires !

- La forêt est troublante, la nature est troublante, l'univers troublant, et j'accepte d'être troublée. Les légendes donnaient du mystère à la forêt, aujourd'hui, il y a d'autres récits pour éloigner la nuit. Je connais parfaitement le fonctionnement de son écosystème, les multiples interactions du vivant, et c'est cette magie qui fait que je n'ai jamais froid.

Tu sais Aliette, toutes ces histoires disent « ce que tu vois n'est qu'une écorce, une peau et tu crois avec ça que tu as tout vu et tout compris ». Je pense que mon esprit scientifique est né d'une insatisfaction, du désir d'aller au-delà des apparences, d'aller sous l'écorce. Mais depuis quelques années, je ressens une étrange impression qui me taraude. Dans mes relevés botaniques, j'éprouve un dessèchement, comme si la science coupait en moi des ramures importantes. Maintenant, quand je note dans mon journal des événements de la forêt, je retiens aussi le simple plaisir d'avoir été présente et de m'en être imprégnée. Après seulement, j'analyse ces notations comme une énième preuve des bouleversements climatiques, mais aussi de l'adaptation extraordinaire de la vie qui veut vivre.

Sur ma carte de visite, j'aimerais écrire *Notaire*

des saisons et de la vie de la forêt.

Aliette éclata de rire

- Je ne t'imagine surtout pas notaire ! Mais j'ai été surprise que nos élèves ne connaissent plus d'histoires à raconter ni de mots pour les dire ! Nous les profes, nous sommes gardiennes et passeuses de mots, j'allais dire bergères, j'aime bien l'idée.

- Tout à l'heure, nous sommes passées devant le hêtre de *l'Homme enterré*, tout près du *Ravin de coupe-gorge* et de la *Pierre Branlante*. Dans la forêt, il y a des centaines et des centaines de cadavres de Chouans et de Bleus, les républicains. On les ensevelissait sur place. Je te laisse imaginer le disparu de la forêt, il est peut-être en train de devenir le sujet d'une légende. Tu choisis quoi ? Un crime crapuleux, passionnel, un accident ou la rencontre d'une fée ?

Dorothée ajouta :

- J'ai de la chance, j'étais absente lors de sa disparition, j'aurais été une coupable idéale. Un commercial victime d'une femme des bois, une croqueuse d'hommes que je suis peut-être.

Les histoires de son arrière-grand-mère pouvaient encore recouvrir le paysage. En oubliant un temps sa culture scientifique, elle comprenait aisément comment le monde inconnu ne l'était jamais pour nos ancêtres. Il faisait peur, il terrifiait même. Mais la religion populaire lui donnait sens et consistance. Les voiles du mystère permettaient de répondre à tout et de se rassurer. Ses contemporains se créaient aussi de nouvelles forêts où ils reléguaient leurs angoisses du présent, leur peur d'une planète qu'ils laissaient mourir aux mains des avides et des forces de mort.

Aliette eut cette question incongrue :

- Qu'est-ce qui a tué les légendes que tu me racontes ?

Elle s'attendait à une réponse évidente, l'esprit rationaliste qui fort heureusement, avait gagné le monde d'aujourd'hui et rejeté de nombreuses conduites superstitieuses. Les fables de l'ancien temps, les récits de bonnes femmes étaient réservés maintenant aux ethnologues et aux historiens des mentalités. On étudiait les fées, mais elles étaient mortes parce qu'on ne croyait plus en elles.

Dorothée la prit par le bras :

- Partons pour le XIXe siècle ! Tu vas comprendre.

Elles descendirent le chemin qui s'élargissait vers des prairies où paissaient de placides ruminants, ignorant la duplicité des hommes qui les gardaient sains et gras pour la tuerie finale. La maîtresse des lieux dégagea des ronces et des lierres et mit à jour les fondations d'un village qui couraient sur plusieurs centaines de mètres.

La végétation n'atteignait pas la luxuriance des banians et des lianes qui avaient digéré et peut-être sauvé des temples, des pyramides, des palais tropicaux. Elles n'auraient pas été surprises cependant, d'apercevoir, dans cette marée chlorophyllienne, Bouddha au pied de son pipal. Là aussi, la forêt avait englouti un village de cent quarante personnes, une école, une auberge. Les arbres qui les dominaient avaient connu une nouvelle variété d'humains, ni charbonniers, ni coureurs des bois, ni hors-la-loi, ni Chouans mais des hommes, des femmes, des enfants qui travaillaient dans les mines de fer. Il fallait alimenter le haut fourneau, la forge, remplir les sacs de minerai sur les chevaux. Cacher les enfants à l'annonce d'un inspecteur du travail, accepter qu'une femme ait un salaire deux fois moindre qu'un homme, un enfant deux fois inférieur à celui d'une femme. Les flammes et l'activité de tous ces nouveaux hommes des bois ont dû faire fuir les fées. N'est resté alors peut-être, que le diable.

Le village dont ne subsistaient que des pierres ensevelies, avait été dessiné par Camille Corot. Il logeait au château en haut de la forêt chez le maître de forge. Le bon Corot ne vit pas une humanité misérable, c'est le paysage qu'il parcourait, pas la terre des hommes. Il écrivit qu'il visait ici un chef-d'œuvre. Il fit des dessins des étangs, du château et n'accrocha aucun regard, pas même celui d'un enfant ou d'une jolie paysanne. Lui qui imaginait dans la campagne, une danse de nymphes, ne pouvait rencontrer une jeune fille du village. L'aurait-il regardée qu'il eût découvert dans ses yeux clairs une intense, une immense vieillesse et sur ses épaules, l'accablement du travail de la mine, et dans ses mains...

Les anciennes verreries, le charbon de bois pour alimenter le haut fourneau ou les fours des potiers avaient dévoré des milliers d'hectares. La forêt avait repris ses droits. C'était maintenant son domaine incontesté, Argoat comme disaient les Bretons, le pays des bois, une prétention à occuper les champs et les prairies enserrées de haies complantées. Les paysans les tenaient en respect et demeuraient vigilants pour les empêcher de regagner leur territoire. Dorothée avait négocié la confiance des moutons du voisin qui broutaient une partie de son terrain et limitaient leur extension. Après les déforestations au service des fours ou de la fabrication du verre, la forêt n'avait plus le souci des Hommes, soucieuse seulement, de s'accroître, prospérer, recoloniser ce qui avait été une parenthèse d'humanité. À l'hiver cependant, des tronçonneuses préparaient le bois de chauffage. Les chasseurs redevenaient des maîtres qui faisaient fuir les promeneurs non armés. Dorothée elle-même, renouvelait en partie les gestes de survie de ses ancêtres cueilleurs-chasseurs, qui grappillaient champignons, myrtilles ou châtaignes.

Les cinq étangs qui alimentaient le marteau-pilon s'étaient peu à peu envasés, les digues percées et les chemins que les pluies normandes rendaient souvent boueux, avaient été remblayés par le laitier de la forge dont les éclats anthracites ou vert d'eau, rappelaient des obsidiennes.

Chaque printemps, de jeunes chênes ou de jeunes hêtres se promettaient de devenir multi–centenaires.

- Que diras-tu dans ton journal ce soir ?

Aliette avait essayé de persuader Dorothée de l'intérêt et même de la nécessité de faire un journal intime. Selon elle, c'était une question de survie dans une société qui faisait oublier l'existence de toute intériorité. Tout temps d'arrêt devait être occupé par une autre activité ou laissé à la vacuité de coachs du bien-être.

« Tu fais de magnifiques herbiers, pourquoi ne pas y mettre tes pensées, ce que tu vis ? »

Dorothée interrompit Aliette. Elles avaient dérangé un carabe doré qui instantanément, fit le mort. Elle pouvait passer un temps infini dans l'observation des insectes qui demeuraient immobiles après qu'on les eût découverts. Cette thanatose était une éternité pour la vie éphémère de ce scarabée ; tous ses sens en éveil, il attendait le calme pour saisir le moment favorable de la fuite.

- J'aimerais avoir le cou flexible des herbes pour porter un tel bijou à six pattes.

Dorothée est bien une femme des bois, pensa Aliette.

- Tu m'écoutes et tu écoutes la forêt en même temps.

- J'écrirai que le temps passé avec une amie n'existe pas ou passe très vite, je parlerai peut-être de ce carabe. J'ai demandé à Bart de me faire un petit médaillon représentant cet insecte. Dans mon jardin, ses congénères ont tous les droits et consomment limaces, escargots et autres doryphores. Je n'ai malheureusement pas réussi à leur interdire les vers de terre.

Le carabe se cacha enfin sous des feuilles, elle aurait été meurtrière de le pousser une seconde fois à mimer la mort.

Qu'allait-elle écrire ?

Peut-être rien.

Pourquoi, chaque jour, écrire des mots qui n'avaient plus de vie, qui n'avaient pas le goût de sa vie à elle ? Ils n'auraient été que des éléments d'un dictionnaire.

Elle avait été tellement troublée par le journal intime de Solenn, qu'elle s'était jurée de ne jamais en écrire un.

Des pensées secrètes qui ne l'avaient pas été après sa mort..., et qu'elle aurait choisi ou non de lui confier.

Au XIXe siècle, on encourageait les jeunes filles à tenir un journal intime pour suivre la progression de la grâce dans leur âme immaculée, mais toujours soumise aux embûches du démon. Son journal à elle que recueillait-il ? Un chemin, un cheminement ? Mais de qui ? Vers quoi ?

D'une espèce supérieure qui se croyait sortie de la nature ?

Dorothée notait toutefois des anecdotes, des événements, rien d'intime. Elle était devenue, malgré elle, la scribe attentive de la forêt et de ses habitants. En relisant quelques pages, elle percevait cependant un fil rouge, discret, comme un pointillé qu'on pourrait ne pas voir. Et ce pointillé était dans l'émerveillement de découvrir l'abolition de la distance millénaire, et souvent nécessaire, avec les animaux et les plantes. L'utilisation exclusive de l'outil n'appartenait plus seulement à l'humanité, quant au rire et à la conscience de soi... Ce n'était plus qu'une question de nuances et de degrés infinis que le regard scientifique plus aiguisé, découvrait. Son journal était celui d'une immersion progressive dans le monde naturel, le maillon d'une chaîne, et cette chaîne ne l'entravait pas mais l'apaisait. Déposer simplement la cueillette de ses jours, sans sens, sans bilan, sans jugement ; comme la vie vit pour durer, durer et croître, s'épanouir, s'éparpiller, coloniser, pousser où elle peut, sans but apparent. Son journal disait en creux une attention constante, celle de la progression de l'humanité en elle. Une flèche, une route vers un progrès auquel elle voulait croire, l'homme devenant enfin un animal bienveillant ?

Un journal de vraies nouvelles : le feu follet du temps dans les saisons, leur bégaiement, leur va-et-vient, les branches tombées, les jeunes pousses, le cycle des hannetons, le cadavre d'un renard empoisonné et son infâme puanteur découvert dans l'ancienne mine, le ravage encore et encore d'un champ de maïs, labouré d'étrange façon par une harde de sangliers, les aboiements de chevreuils dérangés par ses promenades.

Elle n'avait rien à dire de plus, ne pas arrêter ni figer sa vie dans des mots.

Écrire ! Elle ne voulait pas passer tout ce temps, cela l'aurait empêchée de vivre et elle voulait vivre !

Face à cet immense sablier où s'écoulait le sable d'une journée, elle ne s'endormait jamais, avant d'avoir mis un peu d'ordre dans tous ces grains accumulés au bas de son cône arrondi de verre ; mais son cahier ne se remplissait que de la vie intime de la forêt.

Son existence ? Était-ce cela ? L'acceptation passionnée de ce qui vit ?

La simple conscience d'être au monde.

Aliette la tira de leur longue marche silencieuse et interrompit soudain ses pensées, comme si elle l'avait devinée.

- Ne crois-tu pas que nous sommes des êtres définitivement dénaturés ? Tu sembles t'oublier dans la forêt, te dissoudre en elle. Comment arrives-tu à ne pas te sentir étrangère ? J'aime bien être ici, ici avec toi, mais je ne me perçois pas appartenir à la nature, même si elle vit en moi, même si elle est moi. Nous demeurons malgré tout l'espèce la plus prédatrice de la terre. Chaque jour, nous nous en éloignons et détruisons ce qui pourrait nous sauver.

Aliette éprouvait un léger malaise dans cet univers borné, oppressant.

Dorothée l'écoutait-elle ?

L'entendait-elle seulement ?

Aliette voyait à peine son profil noyé dans son abondante chevelure qui lui caressait la joue, en de longues ondes paresseuses et sensuelles.

- Quand je regarde l'actualité, je n'arrive plus à m'émerveiller et il me faut un temps considérable pour oublier l'enténèbrement du monde, d'autant que le commerce des nuages noirs rapporte énormément.

- Tu as sans doute raison. Dans la nature la vie n'est pas sacrée. Il n'y a que les hommes qui l'affirment hypocritement pour eux-mêmes. En forêt, les animaux sont en chasse ou défendent un territoire. Nous ne tuons plus, mais nous ne sommes pas dénaturés. Les tueries d'animaux sont déléguées aux abattoirs, et la gastronomie ritualise et accommode avec imagination et bon goût nos appétits ; l'art de la cuisine est bien souvent le voile de carnassiers civilisés. J'y participe, je suis demeurée une carnivore, de moins en moins d'ailleurs.

Je ressens dans ma forêt de la bienveillance, une bienveillance universelle alors que tout y est alerte et dévoration.

Et moi ! Paisible et repue !

Elles remontèrent à la *Fieffe au Songeur* pour une tasse de thé, une cérémonie sacrée... le rituel nécessaire à l'amitié.

Le facteur était passé. Rien, sauf une lettre ! À l'intérieur des coupures de presse.

Aliette vit son amie pâlir.

« *Flow-Pow !* À qui le tour ? »

Cette phrase constituée de mots collés les uns à côté des autres.

Un journal local des Pays de Loire, où se trouvaient les serres de Bastien, avait consacré plusieurs articles, photos à l'appui, sur les incursions et destructions qu'avaient subies de nombreuses plantations.

Le journaliste semblait exclure des écologistes radicaux. Il évoquait plutôt la guerre larvée entre entreprises pour s'approprier des marchés. Supposition non étayée et qui sembla à Dorothée une simple élucubration. Son ami jouait franc-jeu et il était devenu un entrepreneur habile.

Il ne lui avait rien dit.

Elle pensa qu'il était débordé une fois de plus, qu'il ne voulait pas l'alarmer.

Dorothée tendit la lettre à Aliette. Lors de leur balade, elles avaient à peine évoqué le disparu. Peu à peu on l'oubliait. Seules les visites régulières des gendarmes semblaient lui donner encore un semblant d'existence.

Aliette demeura en silence.

Dorothée pensa, sans vraiment comprendre, aux plantes que Bastien lui avait apportées. Les gendarmes étaient venus en effet avec la piste de végétaux bizarres, peut-être toxiques qu'elle cultivait. Elle n'imaginait pas qui, dans son entourage, pouvait avoir déposé ce papier de fiel. Certes, Edwige était cancanière, mais elle n'avait rien d'un corbeau ou d'une malfaisante.

Dorothée se brûla les lèvres, une gorgée trop chaude, à nouveau en dehors de la forêt, ses idées lancinantes semaient l'alarme, échafaudaient des hypothèses.

- Tu as du temps ? J'ai besoin de toi.

Un long silence.

Les yeux de Dorothée s'embuèrent. Elle ne retint pas ses larmes, le cœur peut s'entrouvrir devant une amie.

- Tu peux rester ce soir, on pourrait aller manger chez le Chinois.

Le disparu, sa femme rencontrée, les plantes vandalisées chez Bastien, les gendarmes et ses plantes « toxiques », cette lettre anonyme, les dix ans de la mort de Solenn, tout cela lui parut des mots à mettre dans l'ordre pour former une seule et unique phrase dont elle devait déchiffrer le sens.

Aliette qui adorait lire des polars et partageait sa passion avec ses élèves pouvait au moins l'écouter et peut-être rire de ses élucubrations.

- Tu en penses quoi de tout ça ?

Elle n'en pensait rien. Il est vrai que de nombreuses coïncidences ne signifiaient pas grand chose. Peut-être son amie ne lui disait pas tout.

Longtemps, elles avaient marché en silence. Aliette, un court instant avait eu l'impression et le vertige de ne pas reconnaître sa collègue et amie.

La Dorothée dans la forêt parlait peu, voyait tout, repérait le moindre bouleversement qu'elle déclenchait, entrait en immobilité pendant de longues minutes, absorbée, infiltrée dans le silence bruissant du grouillement de la vie, une basse continue, sans répit, sans agitation, tout ce qui, depuis des millions d'années, avait fabriqué une planète bleue.

Sans le silence on ne voyait plus rien. Le tintamarre des villes devait rendre aveugle. Rares étaient ses amis qui en forêt partageaient la suspension de toute parole. Elle-même, en public, ne pouvait s'empêcher d'alimenter le feu d'une conversation, se croyant souvent obligée de recouvrir le silence de mots, de phrases. Elle se reprochait une telle vivacité, mais était-ce utile de dévoiler la profondeur de son être qu'elle essayait de creuser chaque jour ?

Dans la forêt c'était autre chose...

Aliette interrompit les questions qu'elle devait se poser au sujet des coupures de presse.

- Tu choisis le plat 15, moi le 17 et on partage.

C'était leur habitude et leur préférence dans ce restaurant.

Après un moment, Aliette en vint aux faits :

- Connais-tu les plantes et arbustes que tu héberges ?

Dorothée... surprise !

- Je sais que tu es profe de bio, mais tes pensionnaires sont transgéniques, dangereuses, toxiques, brevetables ? Je ne sais pas moi. Qui peut être intéressé par tout ce petit monde ?

Téléphone à ton ami, il faut qu'il t'explique. Peut-être t'a-t-il caché des choses.

La possibilité d'un quelconque mensonge de Bastien n'était pas concevable. L'amitié excluait le doute et la duplicité. Tous ses idéaux ne pouvaient pas s'effondrer avec lui.

Dorothée fit effort pour ne pas répondre vivement à Aliette.

- Non, j'ai totalement confiance en lui. Les espèces qu'il m'a confiées sont très différentes de ce qui pousse en forêt. Il n'y pas de possibilités de croisements ni de transferts de gènes.

- Cherche Dorothée. La réponse est certainement

sous tes yeux, je crois que tu as la phrase complète. Elle est sans doute dans le désordre, si tu mets de l'ordre, tu vas tout comprendre.

Qui est au centre, ton amie Solenn ou Bastien ?

En rentrant chez elle, Dorothée reconstitua à nouveau le triangle d'une vie, Bastien, Solenn, Dorothée, dans l'ordre, dans le désordre, une fusion, un alliage qu'elle imaginait pur à jamais.

Elle remarqua que la présence d'Aliette l'avait éloignée de ses cogitations habituelles, elle ressentait une ardeur calme, si une telle union était possible.

Aliette lui avait prêté, il y a quelque temps l'intégrale des épisodes de l'inspecteur Colombo. Elle se sentit une vocation à revêtir un vieil imperméable, quant à une automobile brinquebalante... elle l'avait déjà, ne lui manquait seulement qu'un attachant sac à puces.

Éloigner ses émotions, faire confiance à sa raison et à sa capacité déductive !

Elle dormit profondément.

-12-

Le lendemain matin, elle ne commençait qu'à dix heures, encore quelques copies à corriger, un petit déjeuner rapide, elle qui enseignait à ses élèves l'importance du premier repas de la journée. Elle avait le temps pour aller jusqu'aux cascatelles, ressourcer son corps à la forêt qui s'éveillait aux rayons du soleil.

La vie ne s'arrêtait jamais. La rivière avait coulé toute la nuit. Elle se souvint de ses petits matins à New-York, quand, jeune étudiante, elle promenait une dizaine de chiens pour le confort de maîtres qui, sans doute, ne regardaient plus leur montre depuis longtemps. New-York, la ville qui ne dormait jamais. Elle avait été grisée par la nuit : ouverts les shopping-centers, ouverts les bars et les salles de spectacles, éclairés les bureaux vides. La grosse pomme avait vaincu la malédiction de l'obscurité et tout ce temps perdu à dormir, alors qu'il était possible de faire de l'argent à toute heure.

La rivière au bas de son jardin ne dormait jamais elle non plus. Elle pensa à une voisine infirmière qui rentrait de son travail nocturne pendant lequel elle avait soulagé, adouci, apaisé, car la maladie et la mort ne cessaient jamais de couler dans les veines des vivants.

Le jour se levait. Il y avait toujours des morceaux de nuit oubliés dans la forêt et des créatures de l'obscurité rentraient furtivement.

L'écume des petites cascades qui descendaient bruyamment un escalier de grès rétif à leur travail de sape lui infusa la vigueur pour affronter un nouveau jour. Collègues et élèves furent toute la journée, au diapason de la fraîcheur du matin.

Un message de Laura. Inénarrable Laura. Elle aussi avait dû grignoter une partie de sa nuit pour soulager son abondante activité. C'est de plus en plus par son entremise que Dorothée avait des nouvelles de son ami, trop surchargé, disait-il, avions, soixante-dix heures par semaine, les bonnes semaines, quelques SMS.

Elles étaient devenues amies, lente construction au cours de balades dans sa forêt, de voyages en Écosse, en Cappadoce ou en Slovénie. Elles s'étaient rassurées sur leurs sentiments, elles pouvaient se supporter dans le quotidien des jours, dans l'imprévu ou la débrouille et rester toutes deux sans rien se dire, un silence d'amitié que seuls les amoureux comprennent.

- Il faut que je te voie, c'est important.

J'arrive par le premier train. Viens me chercher à la gare à treize heures, s'il n'oublie pas de s'arrêter ou si des feuilles sur la voie ne le retardent pas.

Sans attendre de réponse, elle arrivait, cela lui ressemblait un peu. Dorothée s'était rechargée en énergie et se sentait disponible pour tout, même pour sa venue à l'improviste. Elle avait ses cours, mais treize heures ça pouvait aller. Le repas consisterait, une nouvelle fois, en une pomme de son verger.

Le train était à l'heure. Laura avait un gros bagage comme toujours et malgré son apparente fragilité, elle le tirait sans effort : des nerfs d'acier et une volonté de même.

Dorothée ne choisissait pas ses amis. Le plus souvent, elle était choisie, mais elle possédait cette faculté rare du discernement, celle de bien saisir les êtres entre les malfaisants, les bienveillants et toutes les gradations de l'humaine condition. Elle ne s'était jamais trompée, l'habitude de son observation patiente des êtres vivants, plantes et animaux, sans doute.

Seul un amour ardent l'avait égarée.

Laura était là sur le quai, souriante comme toujours, mais Dorothée crut, l'espace d'un bref instant, percevoir quelque chose de factice.

Embrassade.

- Vite, je te conduis à la maison, tu prépares le thé pour six heures, j'ai mes cours.

Pas le temps de lui demander le pourquoi de sa visite, un feu-follet. D'habitude au moins, elle attendait une réponse avant de se mettre en route. Encore des plaies d'amoureux...

Laura était un phénomène. Elle avait un charme fou, celui que donne une vie authentique. Elle était vraie.

Géo-trouve-tout, chercheuse et plus encore trouveuse, le mot aurait dû exister. Très vite, elle avait orienté ses recherches vers la bio-luminescence et décidé Bastien à créer un département où épanouir ce qu'elle considérait comme une des solutions à l'éclairage de nuit. Dès qu'elle était confrontée à un problème, elle cherchait avec une passion peu commune la, les solutions. Bastien l'avait appelée *Shadoke*, un surnom qui lui était resté mais une *Shadoke* mutante qui battait en brèche la philosophie de son étrange peuple. « S'il n'y pas de solution, c'est qu'il n'y pas de problème ». Elle découvrait mille problèmes pour proposer encore plus de solutions.

L'éclairage nocturne était sa vieille histoire qu'elle racontait avec force détails. C'était en Afrique. Elle avait eu la peur de sa vie dans la nuit d'un village sénégalais, sortie de sa case pour un besoin pressant, elle avait rencontré un immense serpent, sa lampe de poche ayant à peine saisi sa présence sur le chemin.

Tous les soirs, quand la nuit tombait brutalement, les enfants, pour réviser leurs leçons, devaient quémander et obtenir difficilement des adultes une lumière parcimonieuse.

Et si les plantes ou les animaux éclairaient la nuit, des lucioles alimentant des lampes ou des noctiluques illuminant les promenades de bord de mer, il fallait trouver, puisqu'il y avait un problème.

Alors, elle avait trouvé une étrange décoction, des réactions surprenantes entre certaines plantes et des bactéries.

La journée fut longue. Des heures de cours interminables, décousues, des élèves plus insupportables que d'habitude, des collègues fatigués et irritables, une mère d'élève à rencontrer et Laura qui l'attendait à la maison.

Pourquoi cette visite inopinée? Au moins un thé partagé serait le bienvenu.

Dix-huit heures, enfin !

Des banalités sur son jardin, ses plantes rares et vigoureuses, elle, la botaniste savait apprécier ses efforts et la rareté des espèces acclimatées sur le flanc de ses hautes collines, et puis il y avait les serres. Son massif de gunneras était splendide. Bastien avait réussi dans ses tentatives d'en faire des plantes non gélives et au feuillage persistant. Dorothée en était la dépositaire attentive, fascinée par cette exubérance végétale sous une telle latitude.

Il fallait abréger l'introduction, en venir aux faits.

On pouvait lire en Laura comme dans un livre, rançon d'un visage aussi volubile.

Cette gêne déjà aperçue au sortir du train.

Alors, un flot de paroles rigoureuses, organisées, circonstanciées, accumulées, sans doute depuis des jours, submergea Dorothée qui fut emportée par ce courant fougueux se transformant peu à peu en un lac aux eaux apaisées.

Le projet de Laura : créer sa propre entreprise, encore une jeune pousse dans le jardin de la nouvelle économie. Elle avait déjà un nom à la manière de certains écrivains qui ayant trouvé le titre, savent que leur roman est virtuellement achevé. Bien sûr la bioluminescence ! Laura avait développé avec beaucoup d'intelligence et d'esprit d'entreprise cette nouvelle technique du bio-éclairage. Elle nourrissait, avec un gel dont elle avait le secret, des milliards de bactéries qu'elle glanait parmi les calamars, les méduses et les diverses espèces de lucioles. Elle avait offert il y a quelques années à Dorothée, une lampe de chevet dont la douce lumière biologique d'un bleu-vert tendre, éclairait ses lectures nocturnes. Déjà, de nombreuses vitrines de magasins des grandes villes, quelques rues et monuments étaient désormais éclairés par des bactéries abyssales. Les méduses avaient dépassé tous les espoirs. Elles offraient la diversité des couleurs de l'arc-en-ciel et remplaçaient peu à peu les LED devenues un désastre écologique tant l'extraction des terres rares nécessaires à leur fabrication entraînait la stérilisation de milliers d'hectares. Des lampyres, lucioles ou autres noctiluques éclairaient d'une lumière apaisante un nombre croissant d'appartements. L'imagination de Laura semblait sans limite, des platanes lampadaires, des géraniums lampes de chevet. L'idée : introduire dans la plante des nanoparticules de luciférine, cette protéine qui crée avec la luciférase la lumière des lucioles. Un magnifique philodendron pouvait devenir un abat-jour très acceptable.

- De la luciférine ? Laura, tu sais que Lucifer, l'archange porteur de lumière, s'est reconverti plus tard en démon, avec un grand succès d'ailleurs. Tu ne crains pas de te brûler dans tes recherches ? Il est difficile de demeurer aux portes de l'enfer !

- Mais non, voir la nuit avec l'aide des bactéries et sans modification génétique radicale, le rêve ! Contrairement à Bastien, je refuse de m'orienter dans des modifications génétiques avec un impact incontrôlable sur la nature.

Elle avait décidé ! Ce n'était donc pas des conseils qu'elle était venue chercher. Son programme était bien ficelé, un plan comptable impeccable, et un financement participatif qui avait connu un grand succès.

Étrange que Dorothée ne l'ait pas su, elle aurait été heureuse d'y apporter sa contribution.

Le projet et le départ de Laura la surprirent. Elle ne savait pas qu'elle s'était opposée plusieurs fois à des expérimentations que Bastien imaginait avec force et précision et qui la mettaient mal à l'aise. Les végétaux s'hybridaient, dans la nature, c'était courant, on pouvait alors imaginer des variétés infinies et aller plus vite. Bastien cependant était devenu moins prudent. Dans les laboratoires, beaucoup rêvaient d'inventer de nouvelles formes de vie. Beaucoup oubliaient ce que la nature avait réussi depuis des millions d'années. Ne pas accumuler de déchets ! Leurs créations pouvaient-elles entrer sans dommages dans les merveilleuses constructions des écosystèmes, où tout est recyclé en d'autres vies ?

La biologie de synthèse lui faisait peur ! Puisque tout était devenu possible, tout par petites touches devenait permis.

Laura se méfiait de cette fascination. Elle disait que les femmes ne devaient pas se laisser entraîner par cette tentation typiquement masculine. Il y avait tant de domaines à explorer dans la bio-inspiration. Plantes et animaux avaient quelques centaines de millions d'années d'avance sur l'humanité. La nature possédait toutes les solutions, ayant exploré, essayé, échoué, réessayé, conservé ou abandonné, trouvant chaque jour l'élixir de longue vie tant que le soleil ne s'épuisait pas. L'émergence de l'homo sapiens sapiens l'avait surprise. Au début, elle le trouvait attachant, il l'observait bien, la copiait, retenait ses leçons. Il était de la nature et parmi les mammifères sans doute son préféré. Il s'adaptait à tous ses climats et vivait sous toutes les latitudes. Il ne refusait rien de la terre, ses désirs étaient sobres et il regardait le ciel avec respect.

Et puis que s'était-il passé ? Il voulut plus que sa faim, plus que l'eau des sources. Qu'allait-il chercher pour se croire en dehors de la nature, pour imaginer en être le seigneur et maître ?

Tout se défaisait avec cet usurpateur. Le feu qu'il avait appris à reproduire, à conserver, avait embrasé le monde et lui, riait de cette lumière nouvelle.

Dorothée se souvenait que Laura appelait souvent ses semblables des *homo nullens nullens*, se croyant hors de la nature et travaillant pour en sortir définitivement. Une humanité nouvelle réservée à quelques-uns.

En fait Laura quittait Bastien avant tout pour des raisons déontologiques. Impossible de continuer avec lui. Il était devenu opaque, livrant avec parcimonie les résultats, compartimentant de plus en plus les recherches. Il était le seul, avec un groupe restreint, à dominer l'ensemble, c'était contraire au fonctionnement des équipes qu'il avait créées, le travail de chacun perdant son sens et pouvant retarder les innovations.

Dorothée fut troublée à un point que son amie ne pouvait imaginer. Bastien était-il lui aussi en proie à l'exaltation de la toute-puissance de l'intelligence humaine ?

Laura marqua une pause, une longue pause.

- J'ai trouvé un procédé (mais top secret, même pour toi) en plongeant des fleurs dans mon chaudron d'Astérix. J'ai obtenu une luminescence assez forte et persistante plusieurs jours. Mais j'ai eu quelques ratés. En ajoutant de la quinine et une autre substance à des arums, ça n'a pas marché, je m'attendais à une belle couleur bleue et mon arum m'a offert une étrange émulsion de mousse.

Elle parlait avec les mains, ce qui amplifiait la force de ce qu'elle disait.

- Deux fois, cette mousse abondante avait piégé et dévoré des moucherons. C'était il y a dix ans. Mon arum mousseux et devenu carnassier, sembla intéresser Bastien, mais il n'en a jamais parlé. Et puis j'ai abandonné cette fausse bonne idée.

Une pause

- J'ai fouillé dans le laboratoire.

- Tu as fait ça !

- J'y ai découvert une abondante documentation annotée sur les plantes carnivores. Laura ignorait la passion d'enfance de l'ancien trio sur cette curiosité végétale. Dorothée fut heureuse de savoir que son ami avait conservé leur intérêt commun.

- Je crains qu'il expérimente certaines plantes au dehors. Tu ne crois pas qu'il y en a ici. J'ai fait le tour de ton jardin, j'y ai trouvé des choses bizarres.

- Oui, extraordinaire, ce jardin.

- Pas orthodoxe, lança-telle

En effet, il n'était pas orthodoxe.

- Bastien m'a demandé le secret de notre collaboration, expliqua Dorothée. Il faut se méfier de la concurrence, m'avait-il dit, elle est acharnée, impitoyable. J'ai dû apprendre à me blinder, et entrer dans la peau d'un chef d'entreprise vigilant.

Cela l'avait fascinée au début.

Avec les années, il était devenu docte et volontiers donneur de leçons.

- Toi, ma pauvre Dorothée, tu es fonctionnaire, tu ne te rends pas compte. Ton métier est de partager, pas celui d'innover, et de faire face à la violence des marchés. J'ai appris la méfiance. Du jour au lendemain, tes collaborateurs te quittent avec toutes les recherches réalisées ensemble, fondent une entreprise ou se vendent à la concurrence.

« La pauvre Dorothée » avait mal digéré ce jour-là.

- Tu ne crois pas que Bastien - Laura hésita - tu ne crois pas qu'il utilise ton jardin, elle allait dire « qu'il t'utilise » pour des expérimentations pas très réglos ?

- Tu as vu tes gunneras du Brésil, elles sont exceptionnelles, une telle vigueur. Tu vas rire en me promenant tout à l'heure j'ai pensé à d'immenses dionées, de monstrueuses dionées carnivores. C'est fou, n'est-ce pas ?

Dorothée chercha dans le regard de son amie.

Rien de malveillant, juste des questions embarrassées, le souci de savoir et de comprendre.

Dorothée, au bord du vertige.

Il fallait éclaircir toutes ces hypothèses.

- Les gunneras, d'immenses dionées ? C'est fou, ce ne sont pas des plantes carnivores et quelles proies pourraient-elles attraper ? Elles ne fabriquent pas de mucus et leurs feuilles ne sont pas des pièges dans lesquels un animal pourrait tomber !

Des oiseaux, des petits mammifères, ridicule !

Laura alla chercher sur la terrasse quelque chose d'informe, qu'elle avait trouvé au cours de sa balade de l'après-midi. Une couleur indéfinissable, une texture inconnue comme une grosse pelote à la surface grumeleuse, irrégulière, un morceau qui semblait être du plastique broyé.

- Où as-tu trouvé ça ?

- Dans le fouillis des gunneras !

Voilà déjà trois semaines que le commercial de *PerlEm* avait disparu.

Que semblait-elle insinuer ?

Et cette grosse pelote plastique, bien réelle celle-là.

- D'où est-elle tombée, je ne l'avais pas vue ?!

- On y va !

- Où ?

- Voir tes gunneras.

- Ce n'est pas possible, là on rêve !

Laura remarqua des perles qui roulaient dans le regard émeraude de Dorothée.

- Il faut qu'on se parle Do.

Elle était la seule avec Bastien à l'appeler Do.

Son ami sembla reculer dans son esprit. La lumineuse Laura irradiait et semblait pouvoir curer toutes les zones d'ombre que Bastien avait accumulées jour après jour.

Mais quel fil tirer ? Le tissu d'une amitié d'enfance pouvait-il s'effilocher, se déchirer ?

Laura lui prit les mains, lui accrocha le regard.

- Aide-moi à comprendre. J'ai découvert des choses bizarres qui te concernent. Des notes, des notes multiples sur B ; une plante, sans doute, qu'il nomme Solenna G. J'imagine que ce n'est pas une de ses petites amies. J'ai cru comprendre que B. correspond à Bourberouge.

Le jardin de Dorothée, d'ailleurs si peu un jardin, était devenu avec le temps un lieu d'expérimentation qu'elle avait suivi avec une passion soutenue. Elle avait respecté les protocoles, appliquée comme une étudiante qu'elle n'avait jamais cessé d'être. Elle se perdait un peu cependant dans tout ce foisonnement des organismes génétiquement modifiés, mais l'intelligence vive de Bastien savait rendre limpides les choses les plus complexes, et puis, son master de biologie végétale, qu'elle avait obtenu brillamment, lui permettait de ne pas être trop perdue dans ce monde de la recherche.

Elle avait effectué plusieurs tests sur les *Solennae G.*

- Les *Solennae G.* ?

- Les gunneras !

- Bizarre ce patronyme ?

- *Solenna Gigantea.* Ce nom de baptême avait suscité une dispute entre nous. Dispute et réconciliation, comme toujours. Solenn, sa sœur et mon amie, était la douceur incarnée, mais possédait une énergie hors du commun, une grande intelligence, un cœur grand comme le ciel. Tout était grand en elle. J'imaginais une plante ou une fleur délicate pour la dire, car la délicatesse était aussi sa force, mais Bastien voulait pour elle la vigueur qui lui avait manqué un jour où elle avait abandonné la vie.

Il était parvenu à la convaincre. La gunnera de Bastien était devenue une *Solenna Gigantea.*

Dorothée se souvenait maintenant précisément de leur dispute sur le nom à donner à cette nouvelle variété dont il n'avait jamais déposé le brevet.

Elle se sentit honteuse. Elle avait admiré et n'avait retenu que le côté spectaculaire de ses *Solennae* et oublié les expériences réalisées sur les indications de Bastien.

L'humidité et la douceur des hivers du bocage

avaient favorisé la pousse des plantes qui atteignaient maintenant près de quatre mètres de hauteur, leurs nombreuses feuilles dépassaient les deux mètres de diamètre et la vigueur de leurs tiges paraissait prodigieuse. Un prodige de la nature et un vertige devant une telle force végétative.

- Do, allons voir les *Solennae*.

Elles descendirent rapidement le chemin qui bordait sa *forêt exotique.* Les gendarmes avaient passé les lieux au peigne fin mais le peigne fin était resté sur le sol. Elles suivirent du regard les longues tiges hérissées d'épines, plusieurs feuilles s'étaient enroulées sur elles-mêmes et formaient comme des cylindres vigoureusement fermés aux extrémités.

Dorothée aimait le gigantisme de ces plantes. Elles étaient souvent une étape dans ses promenades et un sujet de fierté. Soudain, elle eut peur, une crainte partie de ses entrailles lui fit regagner le chemin brutalement.

Laura comprit que c'est Bastien qu'elle fuyait, la confiance en son ami s'effondrait en elle. Le cadeau spectaculaire qui suscitait la curiosité de son voisinage et son ravissement, se muait en un doute sur son ami et une interrogation concernant cette plante devenue étonnamment énorme.

- Bastien t'a demandé de faire des tests sur ces plantes ?

Un morceau de tissu imbibé d'une substance dont elle ignorait la composition, mais qui semblait lui être familière, avait provoqué une réaction spectaculaire. Les gunneras avaient répondu, violemment, si le mot signifiait quelque chose dans le domaine végétal. Les feuilles s'étaient refermées lentement, mais de façon perceptible en exhalant une odeur qui l'avait mise mal à l'aise.

Les gunneras n'avaient jamais été des plantes qui invitaient à un voyage avec des éléphants roses.

Elles avaient réagi à je ne sais quelle décoction. Bastien par une lettre rapide lui avait signifié sa vive satisfaction, mais jamais de SMS ni de mail pour ce qui concernait leurs expériences, puisque Big Brother notait et conservait tout. Une mémoire incommensurable et jamais en défaut.

Il n'avait pas expliqué le sens de ses recherches, Dorothée s'était promise d'obtenir plus de précisions sur les hôtes du règne végétal qu'elle hébergeait. D'ailleurs avec le temps, il ne lui demandait plus de collaboration et envoyait moins de nouveaux pensionnaires. Elle n'avait plus suivi les travaux de son ami dont l'entreprise s'était développée dans de nombreux domaines et en de multiples ramifications.

La réaction des gunneras confirmait l'avancée de ses recherches, mais dans quel but ?

Elle demeurait fascinée par l'air de conspirateur de son ami et la passion qui incendiait son visage. Il savait renouer dans ces moments-là leur complicité de l'enfance.

- Do, tu es trop confiante ! Je crois que Bastien ne t'a pas tout dit. Il travaille comme un fou, il mène le labo et conduit des recherches auxquelles personne ne peut avoir accès, sauf son équipe rapprochée.

J'ai pu consulter ses documents et un peu violé la sécurité. Je crois qu'il a créé des végétaux potentiellement dangereux.

- Ce n'est pas possible, il m'aurait avertie ! Nous ne nous cachons rien, tu le sais !

Dorothée éprouva un temps la perversité de la situation. Le long du chemin et dans l'ancienne entrée de sa propriété les pancartes que Bart avait calligraphiées : ATTENTION AUX PLANTES. Ce n'était pas un écriteau repoussoir, mais une invitation à être attentif où poser les pieds. Elle perçut que ses écriteaux devenaient une mise en garde de même nature que « Attention chien méchant »

« Attention, plantes méchantes !». C'était absurde. Elle éclata de rire nerveusement, mais le regard déterminé de Laura accentua sa crainte.

- Tout à l'heure, tu as eu peur des *Solennae*. comme vous les appelez, je crois qu'il faut s'en méfier.

Laura était fort éloignée de la dégaine d'un improbable inspecteur Colombo mais la rigueur de l'analyse qu'elle menait, fit frissonner Dorothée, elle sentait que le pire allait arriver et que son amie était en train de la préparer à une terrible conclusion.

- On va tenter une expérience, je crois que tu apprécieras.

Elle sortit d'un petit sac à dos que Dorothée n'avait pas remarqué une pochette, des gants, des pinces et étala l'ensemble. Elle prit un tissu imprégné et avec les pinces le posa sur la plus grande feuille d'une des gunneras. Dorothée reconnut un parfum et aussitôt fut prise d'un malaise, Laura volontairement ne lui avait pas dit de se reculer suffisamment. La feuille se froissa et se referma lentement sur le tissu imbibé, la même réaction que lors de l'expérience demandée par Bastien et ce laconique, « Bravo, ça marche ! »

Dorothée s'effondra. Elle avait reconnu le parfum avant d'être saisie par les nausées.

- C'était le parfum phare de *PerlEm*

- *PerlEm* ?

- La société où travaillait Solenn et où elle est...

Solenna Gigantea était un répulsif mais contre qui ? Contre quoi ? Elle n'avait remarqué aucune odeur nauséabonde, seulement quelque chose d'étrange et de prégnant et ce mouvement des feuilles se repliant sur le tissu imbibé de ce qu'elle reconnut comme le baume pour le visage de *PerlEm*.

- Le parfum interdit par Solenn ?

- Un parfum interdit ?

Dorothée, dont les nausées n'avaient pas disparu, fit effort pour lui rappeler l'amitié du trio, le harcèlement qu'avait enduré Solenn, son suicide.

Laura écoutait avec une attention extrême comme si ses yeux et ses oreilles prenaient des notes.

- On fait une autre expérience ?

Elles s'éloignèrent jusqu'aux cascatelles dont la fraîcheur calma l'agitation de Dorothée. Laura sortit un petit flacon qu'elle fit respirer à son amie, aussitôt les mêmes nausées, une légère confusion mentale et puis cette odeur qui semblait le négatif du baume. Mais un parfum pouvait-il avoir son contraire répulsif ?

Impitoyable Laura ! Tout se confirmait, c'était bien un parfum *PerlEm*.

Elle laissa à Dorothée l'assemblage des éléments du puzzle.

La *Solenna G.* était devenue un répulsif olfactif, incommodant tous ceux qui se parfumaient aux produits *PerlEm*.

Bastien pouvait avoir manipulé d'autres végétaux ayant cette propriété !

S'était-il fourvoyé à ce point ?

La pensée de ...

Le disparu !

Il avait écumé toute la région et vendu des produits auxquels ses gunneras avaient pu réagir. Dorothée imagina une procession de nauséeux, cueilleurs de champignons ou pèlerins de saint Michel. Laura lui fit remarquer que pèlerins et cueilleurs ne se parfumaient pas pour aller en forêt.

Le représentant devait être imprégné de ses produits cosmétiques.

Qu'était-il devenu ?

Avait-il perdu la raison ?

Bastien avait travaillé sur les répulsifs et les molécules anesthésiantes chez les plantes. Ce pauvre homme devait, hors d'haleine, cavaler dans la forêt et ne plus savoir ce qui lui arrivait ni qui il était. Sa réaction était à la mesure des parfums qu'il colportait.

Elles faisaient fausse route toutes les deux. Une plante répulsive ? Il suffisait de travailler sur les mêmes variétés qui éloignaient les sangliers et pas sur les gunneras.

Un grand voile se déchira, celui de la confiance qui ne pose pas de question, de l'amitié éternelle, des sentiments impérissables.

Dorothée assembla deux faits apparemment incompatibles, suggérés par Laura. Bastien lui avait offert, voilà déjà longtemps une magnifique dionée, précisant que c'était en partie le sens de ses recherches.

Voilà que cette gunnera gigantesque réagissait de la même façon qu'une petite plante carnivore. Les feuilles s'étaient refermées sur le tissu de Laura ; déjà, elle avait évoqué son expérience malheureuse pour obtenir des couleurs avec un arum devenu carnassier.

Bastien avait-il commis la même erreur ?

Ses gunneras transmuées en droséras ou en dionées gigantesques, des attrape-mouches transformés en attrape-promeneurs, les pèlerins de saint Michel dévorés avant d'atteindre les vases traîtresses de la baie par des plantes avides de chair humaine.

Une plante devenant carnassière au contact d'un certain parfum.

Était-ce concevable ?

Était-ce volontaire ? Délibéré ? Ou une grossière méprise ? Le chercheur dépassé par sa créature ?

Tout se bousculait !

Elles réagirent en même temps, cherchant du regard les feuilles enroulées.

Les *Gunneras Gigantea* avaient dévoré le représentant de commerce imprégné du parfum honni. Dans combien de jours, de semaines, de mois son squelette débarrassé de toute matière organique serait rejeté sur le chemin comme la vulgaire chitine d'un insecte, une gigantesque pelote de réjection ?

Supposition invraisemblable, monstrueuse et impossible concernant Bastien Leherpeur, l'ami de toujours.

Dorothée dut ouvrir les yeux ; les gunneras avaient crû fortement ces derniers temps, elle l'avait expliqué par la douceur de l'automne et des pluies abondantes, elle observa que le cylindre des feuilles enroulées avait perdu son ampleur.

Toutes les deux se regardèrent avec effroi.

Ce n'était pas possible, il fallait en avoir le cœur net : déplier si c'était possible les feuilles enroulées ou les transpercer et découvrir un cadavre pré-digéré.

Les deux femmes ne se sentirent pas la force.

Regagner la maison, se calmer et se réveiller de leurs divagations.

Pas de thé, mais un petit verre de cognac, bu par petites lippées sans rien se dire, en s'efforçant de chasser leurs idées nauséeuses.

Le soleil baissait dans le ciel. Laura avait annulé son départ pour le lendemain et chacune envisageait toutes les conséquences de cette découverte improbable.

- Contacte Bastien, il faut qu'il vienne maintenant !

La réponse fut immédiate après le SMS. Plus d'avions, de congrès, de temps impossible à dégager, d'expérimentations à ne pas interrompre. Il arriverait dans les 24 heures par le TGV de Rennes et un taxi jusqu'à Bourberouge.

La nuit, les deux femmes firent les mêmes rêves, les cylindres rejetant le cadavre du VRP, les gendarmes, l'arrestation de Dorothée, de Bastien et l'interrogatoire de Laura.

-13-

Le lendemain : pour Dorothée les cours, un conseil de classe, des petits sixièmes rackettés par des « grands » de troisième, un rendez-vous avec des parents, un inspecteur susceptible de rendre visite au collège, le bienheureux quotidien d'une professeure en proie à des questions dévorantes. Il fallait tout assumer, espérant que le menu par trop indigeste de sa longue journée mettrait de côté son inquiétude et toutes ses interrogations. Sa mauvaise nuit la rendit de méchante humeur avec les élèves et les collègues, envolées sa bienveillance et sa gaieté habituelles. Quelques enseignants misogynes pensèrent qu'elle avait ses règles ou qu'elle avait été mal baisée. Fort heureusement, il y a des sourires entendus qu'on ne remarque pas toujours et auxquels on répond quelquefois par de l'indifférence.

De retour à la maison, elle savait que Bastien aurait du retard, allait-il se défiler ? Laura en avait profité pour fourbir un questionnaire implacable. Une longue promenade en forêt avait calmé son agitation. Elle s'était préparée à ramasser Dorothée à la petite cuillère. Elle allait sans doute ébrécher définitivement une longue amitié et la confiance absolue que son amie avait envers Bastien.

Transformer une gunnera c'était une opération considérable qu'il avait accomplie ; elle lui reconnaissait une intelligence vive et une puissance de travail hors du commun. Tout ça pour fabriquer l'instrument d'une vengeance !

Peu à peu l'énigme se démêlait. Leur recherche sur les sensitives, sur la vigueur augmentée des plantes par l'introduction de gènes animaux, expériences qu'elle avait refusées, ses objectifs étaient clairs maintenant. D'autres chercheurs qu'il avait embauchés semblaient ne pas partager sa déontologie, mot et concept qui disparaissaient dans le flot de la concurrence internationale, où toutes les grandes idées avaient perdu leur majuscule.

Elle craignait maintenant que ses succès et le vertige de futures découvertes prometteuses lui aient bouleversé l'esprit.

Voulait-il l'éloigner ? Il l'avait nommée responsable du département bioluminescence et chargée de créer une antenne sur la Côte d'Émeraude pour expérimenter la riche diversité des molécules que les océans avaient mûries en leur sein depuis trois milliards et demi d'années. Promotion qu'elle avait acceptée puis refusée.

Comme une basse continue... La pensée que ce VRP pouvait être dans un des cylindres d'une gunnera. Laura avait cherché une échelle pour en atteindre les feuilles et annoncer à Dorothée le ridicule de leur imagination commune puis elle avait reculé.

Elle se croyait plus courageuse.

Le taxi. Bastien en sortit avec son assurance, son charme habituel qui se ternit un peu en voyant Laura. Dorothée l'accueillit en somnambule.

- Que se passe-t-il ?

Il le devinait sans doute. Il le savait !

Laura prit l'initiative :

- Allons voir les *Solennae Gigantea.*

Bastien sursauta. Comment savait-elle leur nom ?

Vingt-quatre heures, vingt-quatre heures d'intense cogitation. Il avait pris des risques et voulu aller vite. Les résultats avaient été rapides et surprenants, même s'il reconnaissait en lui-même que le choix des gunneras était une erreur.

Il aurait dû lui dire de les arracher et de les brûler, mais Do en était si fière, et après tout c'était sans conséquences.

La rigueur morale qui jamais ne l'avait quitté dans ses recherches, avait été mise entre parenthèses après la mort de Solenn, cela, il avait à l'expliquer à Dorothée et malgré lui, à Laura qui semblait faire corps avec son amie.

Laura ! Elle devenait une adversaire, une adversaire pugnace. Elle lui avait posé une semaine de congés, il la croyait en Bretagne pour préparer l'organisation de sa nouvelle entreprise.

Il la découvrait à Bourberouge.

Dans le chemin qui descendait vers sa jungle exotique, Dorothée était demeurée mutique. Laura essayait d'attraper son regard. L'exubérante Dorothée, la flamboyante Dorothée, que restait-il de tout ça ?

Elle sentit monter en elle un vif sentiment d'amitié, une affection sans borne, comme si elle devenait elle, une affinité que des mots ne pouvaient dire.

Bastien avait envisagé toutes les hypothèses, ses recherches vengeresses avaient été une impasse. La piste des plantes répulsives aux parfums *PerlEm* n'avait pas besoin d'être couplée à un organisme avide de protéines animales, mais après la mort de sa grande sœur, il voulait tuer, dévorer, faire disparaître, pas de cadavre, pas d'assassin !

Pourquoi n'avait-il pas détruit son monstre ? Avait-il oublié la présence des plants de gunneras à Bourberouge ?

Laura émit l'hypothèse de la présence du VRP dans les cylindres enroulés. Bastien éclata d'un rire étrange : ironie, mépris, ressentiment, un étonnant mélange auquel l'esprit ne pouvait s'accrocher ni répliquer.

- Quelle imagination Laura ! Notre métier n'est pas dans la science-fiction.

- Doute Bastien ! Doute !

- L'épreuve des faits...

Il alla chercher dans la remise à outils une hache à long manche.

Bastien avait été surpris de l'ampleur des feuilles des gunneras.

Il abattit le plus gros cylindre et entreprit de l'ouvrir par des coups répétés.

Des fibres de vêtements apparurent, une pelote où on pouvait à peine distinguer, entremêlés et broyés, des chaussures, une veste, un pantalon. Un autre cylindre révéla sous les coups de Bastien ce qui avait été sans doute un téléphone portable pulvérisé dont l'écran organique était réduit en une petite boule, mais, pas de corps humain digéré, pas de squelette, écrasé par un immense estomac.

Devenu étranger à toute sensation, le trio était transporté dans un univers sans consistance où pensées et mots n'existent pas pour le dire.

Bastien sembla n'éprouver aucune satisfaction ni sentiment de victoire, il avait perdu la superbe de celui qui sait plus, qui saisit plus vite, qui voit plus large.

Laura comprit : il avait douté.

Lui aussi avait imaginé le pire.

Il avait voulu l'impossible.

Et cet impossible avait fonctionné.

L'équipe regagna la maison de Dorothée.

La lente montée en silence, comme après une tempête, bousculés mais vivants.

Les deux femmes attendaient la confirmation de ce qu'elles avaient compris. Très vite débaptisées par Dorothée en de vulgaires gunneras monstrueuses, qu'étaient ces surprenantes *Solennae Gigantea* ?

Bastien devait expliquer, s'expliquer.

Dorothée voulait accorder un sursis à leur amitié ébranlée, une confiance sans bornes qui ne semblait plus possible.

Ses petits singes faisaient un tintamarre qu'elle n'avait connu que deux fois dans sa vie. Ils semblaient triompher comme jamais, Bastien pouvait maintenant les chasser et pour toujours.

Seul, il se présenta à un tribunal dans les parfums d'un thé brûlant et de petits gâteaux qu'étonnamment Bastien avait apportés.

Les deux femmes attendaient une transparence absolue.

Seuls, à la lisière de la forêt, sans contacts avec le monde, pas de téléphones, pas de connexions, plus d'urgence, rien que trois êtres humains.

Il fallait raconter dix ans de vie.

Solenn !

C'était la violence de sa mort, son assassinat, avait toujours affirmé Bastien.

Son désir de vengeance.

Sa maîtrise dans le domaine extraordinaire des plantes à parfum lui avait donné les instruments de sa vengeance, d'ailleurs il ne voulait pas entendre parler de vengeance mais de réparation. La justice des hommes avait défendu les puissants, la sienne défendrait le souvenir inaltérable de sa sœur, sa grande sœur à jamais. Les plantes à parfum, il en avait eu le vertige et ce vertige occupait encore toute sa vie. Leur pouvoir d'attraction ou de répulsion, les messages qu'elles délivraient ne concernaient pas seulement les insectes, mais tout le règne animal et les humains soumis, ils l'ignoraient souvent, au pouvoir de leurs propres odeurs.

On était capable, maintenant de manipuler de manière inédite nombre de comportements humains grâce à la copie des molécules odorantes des plantes. Désirs, répulsions, malaises, éloignement soft des opportuns ou des fâcheux, la gamme était infinie et d'une efficacité redoutable.

Il poursuivait avec précaution des recherches fructueuses sur de nouveaux hybrides de plantes hallucinogènes. Certains conduisaient à des paradis hasardeux, d'autres se montraient efficaces pour rendre bienveillance et humanité aux violents que la chimie ne pouvait plus soigner.

Sa réussite : l'implantation de variétés de daphnés et de plusieurs espèces de plantes florifères brevetées par *Flow-Pow* dans les parcs de plusieurs grandes villes qui déterminaient une réaction olfactive aux différentes molécules des parfums *PerlEm*. La gêne persistante occasionnée en détournait les utilisateurs. Mais comment pouvait-on le prouver ? Les autres promeneurs goûtaient seulement les délices de fleurs aux parfums et aux couleurs dynamisantes. D'autre part, les dégradations avaient reculé dans les parterres et massifs, un argument de vente qui alliait sécurité et plaisir.

Son entreprise avait mis au point des variétés de troènes dont les feuilles persistantes avaient des propriétés apaisantes, elles aussi. Les abords des collèges et lycées, les espaces publics des villes oubliées étaient de plus en plus plantés de ces étranges haies.

Laura y avait participé, enthousiasmée par la perspective du recul des violences, avant de s'y opposer. Les plantes pouvaient contribuer à une anesthésie sociale et permettre l'acceptation des injustices croissantes.

- C'est très complexe, ajouta-t-il

- Oui, j'apprécie, enchaîna Laura, mais je croyais que tu avais des valeurs morales plus solides.

- Ceux qui ont tué Solenn ont tout emporté ! Les ventes de *PerlEm* sont en chute libre, avoua Bastien en souriant.

Son visage exprimait une satisfaction profonde.

- J'ai atteint mon but. Solenn méritait bien ça.

Dorothée découvrait la profondeur de la blessure de Bastien. Elle reconnaissait en lui la cassure de leur vie, ce qu'il n'avait pu partager avec elle. Elle en voulut violemment à cette éducation imbécile des garçons qui ne doivent pas exprimer leurs sentiments, leur douleur, leur affection.

Ne pas se confier.

L'art de passer à côté de la vie.

Elle n'était donc pas seule à vivre de ce qu'elle avait reçu, à s'être agrandie de leur amitié.

Comment avait-elle pu oublier tous les proches de Solenn, tous amputés par son absence ? Elle se sentait coupable maintenant de ne pas assez connaître les hommes et leur fonctionnement.

Elle voulut prendre Bastien dans ses bras, le toucher pour retrouver une ancienne connivence. Son corps hésita. Elle ne sut que dire et laissa le silence s'installer.

Depuis dix ans, l'entreprise *Flow-Pow* avait beaucoup progressé, comme si le manque de sa sœur avait décuplé chez Bastien ses forces déjà grandes, excité son imagination, son énergie. Les premières réussites économiques accéléraient les recherches et des capitaux affluaient. Il commençait à commercialiser d'extraordinaires fibres de coton provenant d'Asie centrale dont le soyeux était obtenu par des cellules de lapins angoras. Son équipe avait expérimenté avec succès et breveté des verres de lunettes et un pare-brise automobile ne nécessitant pas d'essuie-glaces. Sa surface reproduisant les feuilles de nénuphar, les gouttes de pluie perlaient sans gêner le conducteur. Et puis il y avait le succès phénoménal du papier à base de poudre de roche.

Il comprenait comme beaucoup de ses contemporains chercheurs que le cloisonnement ancien des connaissances avait fait son temps. Laura lui avait suggéré d'embaucher une philosophe et une designer. Les femmes apportaient disait-elle, plus de responsabilité et de sérieux dans les équipes. Bastien en était d'accord et a accepté la création de ces deux nouveaux postes.

Il venait de prendre des participations importantes dans la société *PerlEm* dont la valeur était au plus bas. La remise en cause de l'encadrement et le changement de l'essentiel de la gamme de produits était son ultime victoire. Il effaçait ce qui avait tué sa grande sœur. Mais sa société n'apparaissait pas. Une île ancrée non loin des côtes normandes accueillait de jolies boîtes aux lettres et de merveilleuses plaques en cuivre. Il y avait sans doute beaucoup plus de boîtes à lettres que d'habitants. C'était une immense gueule ouverte à la discrétion des prédateurs financiers internationaux. Une île aux mâchoires de caïman mais habillée de tout le charme british. Un charmant marigot aux portes de l'Europe, étrange Europe qui proclamait régulièrement la disparition des paradis fiscaux. Les arcanes des sociétés écrans étaient une somme d'intelligences, et de nombreuses intelligences étaient à leur service.

Lui n'avait pas le souci de frauder le fisc français, sa rigoureuse éducation, à l'inverse de ses concurrents, le rendait soucieux de vivre dans une société où les services publics devaient être alimentés par tous et non par les plus humbles. Il cherchait seulement un masque, une couverture mais il commençait à succomber aux délices des montages financiers.

Ses grands principes avaient capitulé face à son souci de vengeance.

Il leur avoua son contrôle financier de *PerlEm* et l'apaisement de son chagrin.

- J'ai marqué à ma manière les dix ans de Solenn. J'ai choisi ce jour-là pour licencier sans indemnités l'encadrement qui s'était tu et permis le harcèlement de ma sœur. La justice n'avait rien pu prouver. Solenn peut reposer en paix maintenant !

Les deux jeunes femmes ne pouvaient cautionner un tel acharnement.

Solenn, si éloignée des mesquineries et de l'esprit de vengeance aurait été furieuse.

- Bastien tu n'as pas été fidèle à mon amie !

- Ma sœur ! lui fit-il remarquer sèchement.

Il retrouvait de sa superbe et reprocha à Dorothée une trop grande bienveillance, son côté bisounours. Il lui reprocha d'avoir quitté l'entreprise qu'ils avaient fondée en commun. Il lui reprocha son avortement, lui qui aurait aimé être parrain de son enfant. Il lui reprocha de ne rien comprendre à la société moderne qui exige des battants, il lui reprocha son métier de profe et son peu d'ambition financière. Il condamna son exil - c'est le mot qu'il employa - dans la forêt de leur enfance.

Laura se sentait maintenant indiscrète.

Elle assistait à un bouleversement, sans doute la mort d'une relation d'amitié.

- Quel temps faisait-il à Bourberouge pendant ton congrès sur les plantes carnivores ?

La question de Laura parut incongrue mais interrompit la tension qui montait.

- C'était un plein été en septembre, répondit sans réfléchir Dorothée. C'est vrai, il faisait très chaud.

- Où veux-tu en venir ?

- Vous avez oublié le VRP. Ta plante l'a déshabillé ? Mais lui, il court tout nu dans la forêt ?

Le trio reconstitué un temps pensa la suite des événements.

- Il s'est dévêtu, a posé ses vêtements et son portable sur les feuilles épanouies des gunneras, ses vêtements imprégnés de ses parfums. Il s'est rafraîchi dans la rivière, a nagé, les feuilles se sont refermées. Il n'a rien retrouvé en sortant de sa baignade impromptue. Supposez sa surprise, son désarroi, ses fortes nausées, avoir perdu son portable et se trouver en sous-vêtements dans une forêt inconnue !

Imaginez la suite !

- La suite ?

Laura éblouissante dans sa démonstration finale.

Dorothée suivait l'implacable raisonnement et anticipa une conclusion qui pouvait tous les soulager.

- Puisque les recherches dans les tourbillons des cascades n'ont rien donné, je choisis l'option disparition volontaire.

Il est allé jusqu'à son véhicule, a pris un change puis a décidé de s'évaporer, sous l'emprise d'une confusion mentale qui a ravivé une culpabilité exacerbée.

Dorothée essayait d'imaginer la rencontre avec cet homme, ses regrets, son impossibilité de réparer l'irréparable. Aurait-elle eu la volonté de l'écouter sans lui reprocher sa lâcheté ? Elle aurait oublié le courage de sa démarche, son honnêteté trop tardive mais bien réelle. Elle lui aurait demandé de lui parler des derniers moments de son amie, avait-il remarqué sa tristesse, son abattement, son désir suicidaire ?

Mais non, Solenn avait su donner le change jusqu'au bout, et ne pas leur accorder le plaisir d'une victoire complète.

Laura et elle étaient encore sur une autre planète. Fallait-il regagner la terre ferme de gunneras tueuses, d'un Bastien créateur d'un monstre, d'un homme disparu ou d'un cadavre à découvrir lors de futures promenades ?

Elles décidèrent de faire un tour en forêt.

Ensemble, se prenant par le bras, elles retrouvèrent leur humanité dans ce silence apparent, dans cette solitude imaginée, les chênes, les hêtres, les faux-acacias, les châtaigniers ou les fraisiers des bois affirmant chacun leur espèce, leurs fruits, leur port, leur forme. La forêt emplissait le ciel. Elles avaient peine à reprendre souffle dans cette débauche de verdure, mais un petit courant d'air aurait pu les asphyxier.

- Mais le disparu ? Tu crois qu'il est mort ?

- Il est là dans la forêt. Son ombre et son silence vont envahir mes balades pour toujours.

Il fallait répondre à la détresse de Dorothée.

Laura lui prit le visage en plaquant ses cheveux sur ses joues, ses mains comme une coupe, et planta son regard dans celui de son amie.

- Le disparu ! Dorothée ! Il est vraiment disparu, évaporé, évanoui, il ne veut plus d'existence sociale. Il n'a plus de comptes à rendre à sa vie antérieure, à sa femme, à ses enfants s'il en a, à ses patrons.

- Continuez sans moi, je redémarre à partir de mon enfance. Bye !

***

Peu à peu, le chemin les dénuda. Elles n'avaient plus à se protéger par leur intelligence ou leur imagination. La forêt les habillait d'une nouvelle peau et chassait la brutalité de la vie par son accomplissement millénaire.

Dorothée se rappela un cadeau ancien de Bastien avec ce petit mot :

« Voici cette dionée, c'est le sens de mes recherches actuelles. Ton ami de toujours et pour toujours. »

En longeant la chaire de Velléda, Laura remarqua, continuant sans doute le fil de ses pensées :

- Je crois que ce doit être difficile de demander pardon.

À qui pensait-elle ? À Bastien ou au commercial de *PerlEm* ?

Dorothée crut qu'elle parlait de Bastien.

Comme souvent, la troupe de macaques avait abandonné la partie en lisière de la forêt et oublié le disparu.

ISBN 978-2-36063-301-2
Dépôt légal 3ème trimestre 2021
Achevé d'imprimer en septembre 2021
sur les presses de l'imprimerie Yellow Concept
35230 Noyal-Châtillon-sur-Seiche

www.yellowconcept.fr